当代中国
经典
小小说

第二卷

2

Second
volume

幸福
倒计时

Happiness
Countdown

任晓燕
秦　俑

主　编

中国言实出版社

图书在版编目（CIP）数据

幸福倒计时 / 任晓燕，秦俑主编 . -- 北京：
中国言实出版社，2019. 3 （当代中国经典小小说；2）
ISBN 978-7-5171-2990-5

Ⅰ . ①幸… Ⅱ . ①任… ②秦… Ⅲ . ①小小说—小说集—
中国—当代 Ⅳ . ① I247. 82

中国版本图书馆 CIP 数据核字（2019）第 047114 号

出 版 人：王昕朋
总 监 制：朱艳华
责任编辑：宫嬿嬿
责任印制：佟贵兆
装帧设计：7 拾 3 号工作室

出版发行　中国言实出版社

地　址：北京市朝阳区北苑路 180 号加利大厦 5 号楼 105 室
邮　编：100101
编辑部：北京市海淀区北太平庄路甲 1 号
邮　编：100088
电　话：64924853（总编室）64924716（发行部）
网　址：www.zgyscbs.cn
E—mail：zgyscbs@263.net

经　　销　新华书店
印　　刷　北京温林源印刷有限公司
版　　次　2019 年 5 月第 1 版　　2019 年 5 月第 1 次印刷
规　　格　880 毫米 ×1230 毫米　1 / 32　7. 75 印张
字　　数　180 千字
定　　价　46. 00 元　　ISBN 978-7-5171-2990-5

编选前言

作为小说之一种，小小说的起源与中国古代文学的发展几乎是同步的：早期的神话故事、民间传说与《孟子》《庄子》《韩非子》里的一些寓言故事，可以算作是虚构叙事文学最早的源头；《左传》《战国策》《史记》等史传中，有一部分文章非常精短，人物性格鲜明，故事曲折精彩，基本具备了小小说写人叙事的特征；而《世说新语》、唐元话本、《太平广记》、《阅微草堂笔记》、《聊斋志异》中的诸多篇什，已初具小小说文体的雏形。但是，从文体规范上讲，这些作品仍属于民间传说、寓言故事或笔记小品，还没有形成完整的现代意义上的小小说文体特征。小小说作为一种真正有尊严的、独立的文体存在，应该是现当代文学史近几十年的事情。

特别是二十世纪八十年代以后，手机、网络与碎片化阅读的兴起，为小小说的繁荣提供了契机。经过数十年的发展，小小说不仅吸引了遍及全国、数量庞大的作者与读者群体，也出现了月发行量数十万份的标志性刊物，有近百篇小小说作品被选入大中小学语文课本，逾百位小小说作家加入中国作家协会，全国性的小小说笔会、征文、研讨此起彼伏，小小说的读写、报刊、图书、自媒体等热潮相继涌现。2010年，中国作家协会修订发布《鲁迅文学奖评奖条例》，正式明确将小小说文体纳入鲁迅文学奖评选序列。2018年8月，第七届鲁迅文学奖评选揭晓，冯骥才先生的《俗世奇人》（足本）

以"俗雅融通、拈轻成重的经典之魅",为小小说赢得了鲁奖开评以来的破题"首奖"。这个事件,被业界解读为小小说这一新兴文体走向成熟的重要标志。

在这种背景下,中国言实出版社与《小小说选刊》共同策划编选《当代中国经典小小说》系列图书。我们从1949—2018年间发表出版的小小说中,精心遴选了一部分具有经典意味、突显时代精神的小小说佳作,汇编成册予以出版,一方面是为了向新中国成立七十周年献礼,另一方面也是对数十年小小说创作成就的一个梳理与总结。书中所选作品立足人民大众,关注社会现实,彰显艺术力量,以小小说这一适合时代发展的文学样式,书写中国故事,弘扬时代精神,从不同时期、不同艺术风格显示了小小说文体的独特魅力。我们相信,本书的出版,会为小小说的阅读、写作与研究提供一个很好的范本,也期待读者朋友们为我们的编选工作提出好的意见与建议。

任晓燕　秦俑

2019 年 2 月 28 日

目录

马 语

莫 言

像一把粗大的鬃毛刷子在脸上拂过来拂过去，使我从睡梦中醒来。眼前晃动着一个巍然的大影子，宛如一堵厚重的黑墙。一股熟悉的气味令我怦然心动。我猛然惊醒，身后的现代生活背景悄然退去。阳光灿烂，照耀着三十多年前那堵枯黄的土墙。墙头上枯草瑟瑟，一只毛羽灿烂的公鸡站在上边引颈高歌。墙前有一个倾颓的麦草垛，一群母鸡在散草中刨食。还有一群牛在墙前的柱子上拴着，都垂着头反刍，看样子好像是在沉思默想。弯曲的木柱子上沾满了牛毛，土墙上涂满了牛屎。我坐在草垛前，伸手就可触摸到那些鸡，稍稍一探身就可以触摸到那些牛。我没有摸鸡也没有摸牛，我仰脸望着它——亲密的朋友——那匹黑色的、心事重重的、屁股上烙着"Z99"字样的、盲目的、据说是从野战部队退役下来的、现在为生产队驾辕的、以力大无穷任劳任怨闻名乡里的老骒马。

"马，原来是你啊！"我从草垛边上一跃而起，双臂抱住了它粗壮的脖子。它脖子上热乎乎的温度和浓重的油腻气味让我心潮起伏，热泪滚滚，我的泪珠在它光滑的皮上滚动。它耸耸削竹般的耳朵，用饱经沧桑的口气说："别这样，年轻人，别这样，我不喜欢这样子，没有必要这样子。好好地坐着，听我跟你说话。"它晃了一下脖子，我的身体就轻如鸿毛般脱离了地面，然后就跌坐在麦草垛边，伸手就可触摸到那些鸡，稍稍一探身就可以触摸到那些牛。

我端详着这个三十多年没有见面的老朋友。它依然是当年的样子，硕大的头颅、伟岸的身躯、修长的四肢、瓦蓝的四蹄、蓬松的华尾、紧闭着的不知道什么原因盲了的双目。于是，若干的情景就恍然如在眼前了。

我曾经多次揪它的尾毛做琴弓，它默默肃立，犹如一堵墙。我多少次坐在它宽阔平坦的背上看小人书，它一动也不动，好像一艘搁浅了的船。我多少次为它轰赶吸它鲜血的苍蝇和牛虻，它冰冷无情，连一点谢意都不表示，宛如一尊石头雕像。我多少次对着邻村的小孩子炫耀着它，编造着它的光荣的历史，说它曾经驮着兵团司令冲锋陷阵，立下过赫赫战功，它一声不吭，好像一块冰冷的铁。我多少次向村子里的老人请教，想了解它的历史，尤其想知道它的眼睛是怎样瞎的，无人告诉我。我多少次猜测它瞎眼的经过，我多少次抚摸着它的脖子问它，马啊马，亲爱的马，告诉我，你的眼睛是怎么瞎的，是炮弹皮子崩瞎的吗？是害红眼病弄瞎的吗？是老鹰把你啄瞎的？——任我千遍万遍地问，它不回答。

"我现在回答你。"马说。马说话时柔软的嘴唇笨拙地翻动着，不时地显露出被谷草磨损了的雪白的大牙。从它的口腔里喷出来的腐草的气味熏得我昏昏欲睡。它的声音十分沉闷，仿佛是通过一个曲折漫长的管道传递过来的。这样的声音令我痴迷，令我陶醉，令我惊悚，令我如闻天籁，不敢不认真听讲。

马说："你应该知道，日本国有一个著名的关于眼睛的故事。

琴女春琴被人毁容致盲后，她的徒弟——也是她的情人佐助，便刺瞎了自己的眼睛。还有一个古老的故事，俄狄浦斯得知自己杀父娶母之后，悔恨交加，自毁了双目。你们村子里的马文才，舍不下新婚的媳妇，为了逃避兵役，用石灰点瞎了双目。这说明，世界上有一类盲者，为了逃避，为了占有，为了完美，为了惩罚，是心甘情愿自己把自己弄瞎了的。当然，我知道你对他们不感兴趣，你最想知道的，是我为什么瞎了眼睛……"马沉吟着，分明是让这个话题勾起了它的无限辛酸的往事。我期待着，我知道在这种时刻说什么都是多余的。

马说："几十年前，我的确是一匹军马，我屁股上的烙印就是证明。用烧红的烙铁打印记时的痛苦至今记忆犹新。我的主人是一个英武的军官。他不仅相貌出众，而且还满腹韬略。我对他一往情深，如同恋人。有一天，他竟然让一个散发着刺鼻脂粉气息的女人骑在我的背上。我心中恼怒，精力分散，穿越树林时，撞在了树上，把那个女人掀了下来。军官用皮鞭抽打着我，骂我'你这匹瞎马！'……从此，我决定再也不睁开我的眼睛……"

"原来你是装瞎！"我从麦草垛前一跃而起。

"不，我瞎了……"马说着，掉转身，向着那漫漫无尽的黑暗的道路，义无反顾地走去。

漫长的告别

王 朔

年前小岛说年后他要去浪迹天涯，他提议我们几个老朋友聚一下。

我们当然都表示赞成，只要有人请客，我们都是乐意奉陪的。

那天聚餐的气氛很热烈，大家都喝了不少酒，小岛做了慷慨激昂的陈述，大意是他稀里糊涂活了三十多岁，不能再稀里糊涂过下去了，既然三十不能立，三十能走也是不错的。

小岛说得很动情，好几次声音都有些哽咽了，眼角有些湿润。

我们完全被他的情绪感染了，再加上酒精的渲染，都有些激昂，对他的决定大加赞赏，什么事业，什么成功，什么爱情，什么婚姻，大多是过眼云烟，不过自欺欺人罢了！我们要活在当下，活出真我，活出一片新天地！

由于语言太苍白，小岛深情地唱了一首汪峰的《再见青春》。虽然由于情绪激动加上醉意泛滥，唱得有些跑调，但情真意切，句句发自肺腑，让我们都不禁动容。

他唱着唱着，竟有些泪流满面的趋势，我们不禁唏嘘感叹：

还是年轻好啊！跑调都能唱得这么有范儿。赞！

最后，由于实在太感动了，老秦抢着买了单，说是要让兄弟省点儿钱，留着路上用。

多么好的兄弟啊！作为铁哥们儿的我自然也不能落后，我毅然决然地把所有没吃完的菜打了包，朗声道："浪费是可耻的！兄弟，留着路上吃！"

春节后，迟迟不见小岛有所行动。正当我们疑惑时，接到了他的电话，说这阵子处理了家里一些后事，比如把必备的行李打包、把不用的物件打包，该卖的卖，该丢的丢，只是有些东西确实难处理，比如前女友送的东西等，着实让他纠结了好久。现在终于处理得差不多了，用他的话说就是，春暖花开之日，就是你我告别之时。

于是他提议再聚一次，毕竟吃一次少一次。我们表示了同意，欣然赴约。

这次聚会依然有些小伤感，小岛依然说了很多，我们依然被感动了，当然我们依然喝了不少酒。我知道这次老秦肯定还会抢着付账的，我很了解这家伙，我也不能落后，所以我毅然决然地点了几个比较贵的菜，终于可以好好吃一顿了，我很欣慰。

小岛依然清唱了那首《再见青春》，这次表现显然好多了，唱得比较靠谱，只是可惜缺少点儿第一次唱时那种惊心动魄的震撼。

最后，我们给予了他最诚挚的祝福，并进行了亲切的拥抱。那一刻，我们哭了——好兄弟！去月亮之上自由飞翔吧！不管世事变幻，你永远是我们最炫的传奇！

过了一段时间，桃花开了又谢了，仍然不见小岛行动。我们表示很焦虑，为前两次的豪言壮语感到有些羞愧难当，毕竟我们都是有点儿节操的人。

小岛还是给出了很合理的解释：公司有些工作还需要他解决，虽然他在公司里是个可有可无的人，但有些工作还是要由他负责的；做事有始有终，做人有情有义，这才是新时代有为青年的品格。另外多存点儿钱也是必要的，毕竟出门在外有钱没钱的差别还是很大的，他要做的是浪迹天涯，而不是混迹江湖。

最后他说工作已经基本搞定，很快他将仗剑出山快意恩仇了。对此我们表示了充分的理解，并就再次聚会以作最后的告别达成了一致。

那次聚会不再有伤感，更多是对未来的憧憬，对未知旅途的期待，对人生还有无限可能的欣慰。我们狠狠拍着小岛的肩膀鼓励他，去吧！去领取你人生最灿烂的那枚勋章吧！去给死气沉沉的生活一记响亮的耳光吧！去告诉所有人一事无成也一样可以活得理直气壮吧！

结果小岛哭了，他哽咽道："你们就不能轻点儿拍吗？好疼！"

最后，在我们强烈要求下，小岛唱了一首凤凰传奇的《自由飞翔》，老秦、党生和我伴着歌声跳了一段广场舞，是那么合拍。那一刻，我觉得，人生真他妈美好啊！

又过了一段时间，小岛还是没有行动。他说很难决定第一个地方去哪儿，他说这很重要，可能决定下半辈子的幸福，一定要慎重！但他说很快了，真的！我们呵呵一笑。

又过了一段时间，小岛仍然没有行动。他说，最近下雨，不利于出行，而且他有很多衣服没洗，洗了又没干，再等等，很快，真的！我们继续呵呵笑。

又过了一段时间，小岛照旧没有行动。他说，最近天热，紫外线太强，容易对皮肤造成伤害，会影响健康，没有健康就没有将来，再等等，很快，真的！我们照旧呵呵。

又过了一段时间，小岛习惯性没有行动。他说，最近有几个重要的约会，做人要有情有义，不能放人鸽子，都是有节操的人，再等等，很快，真的！我们习惯性呵呵。

又过了一段时间，老秦沉不住气了，小岛已经用"吃一顿少一顿"的理由吃了他好几顿了。现在"吃一顿少一顿"已经成了小岛的口头禅，取代了原来的"我要写一本书"。

在又一次"吃一顿少一顿"的告别聚餐中，老秦语重心长地对小岛说："人生最成功的事就是说服自己相信目前的生活挺好的。我觉得你已经成功了。"

党生也语重心长地对小岛说："要不你和我一起去考公务员，这个更有挑战性，更符合你新世纪有为青年的气质，要不考事业单位也行，最近事业单位要涨工资了，很有前途！"

此时，我当然不能落后，我照样语重心长地对小岛说："去哪里不重要，重要的是想去哪里。"

那次告别聚餐是史上气氛最凝重的一次，小岛自始至终一言不发，甚至最后连歌都没有唱。看着小岛转身离去的孤单背影，我们难免有些唏嘘，但毕竟告别来得晚一些，总是好的，我很欣慰。

在一个睡意昏沉的黎明，小岛在微信群里发了一张照片，是一张火车票，即刻启程！

告别来得猝不及防，没有豪言壮语，没有缠绵悱恻。也许，这才是最好的告别。

那盏叫父亲的灯

迟子建

父亲在世时，每逢过年我就会得到一盏灯。

那不是寻常的灯。从门外的雪地上捡回一个罐头瓶，然后将一瓢开水倒进瓶里，啪的一声，瓶底均匀地落下来，灯罩便诞生了，再用破棉絮将它擦得亮亮的。灯的底座是木制的，有花纹，从底座中心钉透一根钉子，把半截红烛固定在上面，待到夜幕降临时，点燃蜡烛，再小心翼翼地落下灯罩。我提着这盏灯，觉得自己风光无限。

父亲给我做这样一盏灯总要花上很多工夫。就说做灯罩，总要捡回五六个瓶子才能做成一个。尽管如此，除夕夜父亲总能让我提上一盏称心如意的灯。没有月亮的除夕夜，这盏灯就是月亮了。我提着灯，怀揣一盒火柴东家走西家串，每到一家都将灯吹灭，听人家夸几句这灯有多好，然后再心满意足地点燃蜡烛去另一家。每每回到家里时，蜡烛烧得只剩下一汪油了。那时父亲会笑吟吟地问："把那些光全折腾没了吧？"

"全给丢在路上了。"我说，"剩下最亮的光赶紧提回家来了。"

"还真顾家啊。"父亲打趣着我，去看那汪蜡烛油上斜着的一束蓬勃芬芳的光。

父亲说，过年要里里外外都是光明的。所以，不仅我手中有灯，院子里也是有灯的。高高挂起的是红灯，灯笼穗长长的，风一吹，刷刷响。低处的是冰灯，放在大门口的木墩上。无论是高出屋脊的红灯，还是安闲地坐在低处的冰灯，都让人觉得温暖。但不管它们多么动人，都不如父亲送给我的灯美丽。因为有了年，就觉得日子是有盼头的；因为有了父亲，年也就显得有声有色；而如果又有了父亲送我的灯，年则妖娆迷人了。

我一年年地长大了，后来，父亲不再送灯给我，我已经不是那个提着灯串来串去的小孩子了。我开始在灯下想心事。但每逢除夕，院子里照例要在高处挂起红灯，在低处摆上冰灯。

然而，父亲没能走到老年就去世了。父亲去世的当年我们没有点灯。别人家的院子里灯火辉煌，我们家却黑漆漆的。我坐在暗处想：点灯的时候父亲还不回来，看来他是迷路了。我多想提着父亲送我的灯到路上接他回来啊。爸爸，回家的路这么难找吗？从此之后，虽然照例要过年，但是我再也没有提着灯的福气了。

一进腊月，家里就开始忙年。姐姐会来信说年忙到什么地步了，比如说被子拆洗完了，各种吃食也准备得差不多了，然后催我早点儿回家过年。所以，不管我身在哈尔滨、西安还是北京，总是千里迢迢地冒着严寒往家奔，当然今年也不例外。腊月廿六我赶回家中，母亲知道这个日子我会回去的，因为腊月廿七那天，我们姐弟要"请"父亲回家过年。

我们去看父亲了。给他献过烟和酒，又烧了些纸钱，已经成家立业的弟弟叩头对父亲说："爸爸，我有自己的家了，今年过年去儿子家吧，我家住在……"弟弟把他家的住址门牌号重复了几遍，怕父亲记不住。我又补充说："离综合商场很近。"父亲生前喜欢到综合商场买皮蛋来下酒，那地方想必他是不会忘的。

父亲的房子上落着雪，有时从树林深处传来几声鸟鸣。我们一边召唤着父亲回家过年，一边离开墓地。因为母亲住在姐姐家，所以我们都到那儿去了。姐姐的孩子小虎刚过周岁，已经会走路了。一进门母亲就抱着小虎从里屋出来了，我点着小虎的脑门说："把你姥爷领回来过年了。"小虎乐了，他一乐大家也乐了。

可是，当晚小虎哭个不休。该到睡觉的时辰了，他就是不睡。母亲关了灯，千般万般地哄，他却仍然嘹亮地哭。直到天亮时，他才稍稍老实起来。姐夫说："可能咱爸跟到这儿来了，夜里稀罕小虎。"说得跟真事似的，我们都信了。父亲生前没有见过他的外抄，而他又是极喜欢孩子的。我们从墓地回来，纷纷到了姐姐家，他怎么会路过女儿的家门而不入呢？而他一进门就看见了小虎，当然更舍不得离开了。

母亲决定把父亲"送"到弟弟家去。早饭后，母亲穿戴好，推着自行车，对父亲说："孩子也稀罕过了，跟我到儿子家去过年吧。"母亲哄孩子似的说："慢慢跟着走。街上热闹，可别东看西看的，把你丢了，我可就不管了。"母亲把父亲"送"走的当夜，小虎果然睡得很安稳。第二天早晨起来，他把屋子挨个走了一遍，一双黑莹莹的眼睛滴溜溜地转着，东看西看，仿佛在找什么。小虎是不是在想：姥爷到哪儿去了？

初三过后，父亲要被"送"回去了。我多希望永远也不"送"他回去。天那么冷，他又有风湿病，一个人往回走会是什么样的心情呢？

正月十五到了。多年前的这一天，在一个落雪的黄昏，我降临人世。那时天将要黑了，窗外还没有挂灯，父亲便送我一个乳名：迎灯。没想到我迎来了千盏万盏灯，却再也迎不来父亲送给我的那盏灯了。

走在冷寂的大街上，忽然发现一个苍老的卖灯人。那灯是六角形的，用玻璃做成的，玻璃上还贴着"福"字。我立刻想到了父亲，正月十五这一天，父亲的院子该有一盏灯的。我买下了一盏灯，天将黑时，将它送到了父亲的墓地。"嚓"地划根火柴，周围的夜色就颤动了一下。父亲的房子在夜色中显得华丽醒目，凄切动人。

这是我送给父亲的第一盏灯。那灯守着他，虽灭犹燃。

假若树能走开

陈　毓

我是一个林场看林人。

在林场还叫林区的时候，我就在这边工作。那时我是伐木工人，后来禁伐了，我的伙计们陆续去山外另谋生路。我实在舍不得林区才会有的这股子好闻的咪道，我甚至觉得，若是我离开林区，我会死于肺病，于是我设法留下来，用两条贵烟换来了林场看林人这份差事。

我就像一条老狗，除了对故园的忠诚，几乎没有用处。打这比方的是我的场长，他说，林区要创收，要不你真就活成了一条可有可无的寂寞老狗。

场长比我年轻二十多岁，他不喜欢寂寞是很自然的，他需要更多的钱也是自然的。好在他的点子比林子里的蘑菇还多。他说，我们要趁市里开发旅游的好势头，让林子恢复禁伐前的热闹。靠山吃山，我们终归要在"山"字上动脑子。

春天，这一带绵延百里的杜鹃花吸引很多城里人来看，一时间蜿蜒的山道上挤满了不辞路远前来赏花的城里人。安静了小半年的"农家乐"也一时火爆起来。王场长眨动眼睛，想出了一条他认为绝好的创意。他找来林区仅存的一名画匠，帮他把创意实现在一张广告牌上。广告牌上画的是一棵枝繁叶茂的巨树，巨树藤萝缠绕，仿佛天宫里的场景。但我知道这棵树在现实中有原型，它的原型是山林中那棵据说有一千九百八十八岁的红豆杉。一群白颊噪鹛、灰喜鹊、黄臀鹎在红豆杉的枝杈间闹腾，真是生动极了，美好极了。看见的人都夸赞说，这真是张有想法的广告牌。

我们在那个春天推出了一个旅游项目，项目的名称就叫：来吧，来认养一棵永不背弃你的树！王场长说，我们的项目就是要吸引那些有闲钱、有闲情、有闲时间的城里人来给我们送点钱花。当然，那棵被认养的树在名义上属于认养人，树的归属还归林场，归国家，认领树的人绝对不能砍伐。这不违背我们护林的职责。

在森林里认养树？亏他想得出来。树又不是孤儿，无须谁来领养。但奇怪的是这个项目一推出，还真吸引了不少人来。来认养树的，有恋爱中的年轻人，有鳏寡老人，有中年夫妇。

第一对来认养树的老夫妇给了我深刻的印象。他们说要认养一棵三十八岁的树，还要那种挺拔的树种。判断树的年龄，对我来说，就像喝一杯苞谷烧般容易，我立即给他们挑了棵三十八岁的梓树。那对夫妇听了梓树这名字，立刻两眼发光。他们说，好啊，梓树，太吉祥了，就梓树。他们还说，原来在古人的诗句里读到梓树，还以为是传说呢。

为啥要三十八岁的树？老夫妇解释，他们有一个儿子，今年恰好三十八岁，但是他们的儿子去了加拿大，年前刚刚拿了一张什么卡，往后是不会回来长住了。现在，他们要在林子里认养一棵不离开的树，任何时候，只要他们来，树总在老地方等他们。他们愿意给更多钱，只要求我们不要使那棵梓树的四周有别的杂木。这要求被我断然拒绝。老夫妇还算讲理，妥协一步，我也妥协一步，我为他们在那棵梓树的旁边，立一块牌子，牌上写：李国衡的领地。李国衡是他们儿子的名字。

杜鹃花快要开的时节，山道上开来一辆红色跑车。跑车风一般刮来，停在林场大门边，从车上下来一个打扮时尚的年轻女人。能接待这样的女人我深感愉快。

年轻女人一开口，我的快乐心情立即像炽热的火盆遭到冰块覆盖。我鼓起勇气问她，您想要我们为您做什么？同时把我们的项目单递给她。她摘下眼镜，傲慢地反问我，你们都有哪些业务能吸引我？我再次请她看我们的项目单以及一系列认养条款对应的收费价目。她砰一声把那张纸拍到我面前的桌面上，她的举动吓我一跳。我摸摸我的脸，还好，冰冰凉的。我猜，这个很美的女人准是被她的男人甩了，要不哪来这满脸的冷气？我第一次知道，如此美丽、一看就很富有的女人，也可能是不快乐的。

我能帮您什么，女士？我尽量和颜悦色地和她说话。我们王场长说，要把每一个顾客，不管是男人还是女人，都当成是我们的上帝。我再次说，我很乐意为您效劳。

她说，你们的广告牌子是真的吗？我看是假的！假的你们就是糊弄人。我可以告你们。

我吓出一身汗，辩解说，广告牌子上的树肯定是真的，我知道它长在哪里。

我要认养牌子上那棵树。她说。

那棵树长在林子深处，根本没有路通往那里。像您穿戴得这么讲究，是很难走到那里去的，光那些荆棘就够您受的。我为难地说。

何况这林子里好看的树多了，您可以选一棵自己够得着的树，这更实际、更有意思吧？我的口气很真诚。

女人想了想，决定让我帮她挑出这片树林中最高最粗的那棵树，属于她的树总归是要与众不同的。我说好，这能做到，您这么不一般的女士，拥有一棵与众不同的树，是应该的。

女人冰冻三尺的脸总算进入了春天。

女人后来挑了一棵高大的领春木。她说，她的名字中有个春字，而她男人的名字中恰好有个领字。领与春，再也不分开！

不分开！我肯定地说。尽管心里很不确定，但能使顾客满意是我的责任。半年业务做下来，我发现我再也不是半年前的那个人了，我有点得意，又有点惆怅。

尽管树的名字里包含着领与春，但女人仍坚持要把一句话刻在树身上。我反对无效。她说，人都能文身，树上就不能刻字了？这让我心疼，是原来伐木时都没有过的心疼，真不知道我这是怎么了。

"今生，领永远都不离开春。"这行字现在镌刻在那棵领春木身上，像一道符。

树被文了身，白花花亮出芬芳的肉。看得我心惊。

一年后，这种白花花在林子里直晃我的眼。

我下决心离开林区，哪怕被那越来越强烈的死于肺病的忧虑终日笼罩。

尽管不知道能去哪里，我还是打好了铺盖卷。我现在就站在林区中间那条唯一通往外界的曲折小径上。

紫色人形

毕淑敏

那时我在乡下医院当化验员。一天到仓库去，想领一块新油布。

管仓库的老大妈，把犄角旮旯儿翻了个底朝天，然后对我说，你要的那种油布多年没人用了，库里已无存货。

我失望地往外走着，突然在旧物品当中，发现了一块油布。它折叠得四四方方，从翘起的边缘处，可以看到一角豆青色的布面。

我惊喜地说，这块油布正合适，就给我吧。

老大妈毫不迟疑地说，那可不行。

我说，是不是有人在我之前就预订了它？

她好像陷入了回忆，有些恍惚地说，那倒也不是……我没想到你把它给翻出来了……当时我把它刷了，很难刷净……

我打断她的话，就是有人用过也不要紧，反正我是用它铺工作台，只要油布没有窟窿就行。

她说，小姑娘你不要急，要是你听完了我给你讲的关于这块油布的故事，你还要用它去铺桌子，我就把它送给你——

"我那时和你现在的年纪差不多，在病房当护士，人人都夸我态度好、技术高。有一天，来了两个重度烧伤的病人，一男一女，后来才知道他们是一对恋人，准确地说是新婚夫妇。他们相好了许多年，吃了很多苦，好不容易才盼到大喜的日子。没想到婚礼的当夜，一个恶人点燃了他家的房檐。火光熊熊啊，把他们俩都烧得像焦炭一样。我被派去护理他们。一间病房，两张病床，这边躺着男人，那边躺着女人。他们浑身漆黑，大量地渗液，好像血都被火焰烤成了水。医生只好将他们全身赤裸，抹上厚厚的紫草油，这是当时我们这儿治疗烧伤最好的办法。可体液还是不断地外渗，刚换上的床单几分钟就湿透。搬动他们焦黑的身子换床单，病人太痛苦了。医生不得不决定铺上油布。我不断地用棉花把油布上的紫色汁液吸走，尽量保持他们身下干燥。别的护士说，你可真倒霉，护理这样的病人，吃苦受累还是小事，他们在深夜呻吟起来，像从烟囱中发出哭泣，多恐怖！

"我说，他们紫黑色的身体，我已经看惯了，再说，他们从不呻吟。

"别人惊讶地说，这么危重的病情不呻吟，一定是他们的声带烧煳了。

"我气愤地反驳说，他们的声带仿佛被上帝吻过，一点都没有灼伤。

"别人不服，说既然不呻吟，你怎么知道他们的嗓子没伤？

"我说，他们唱歌啊！在夜深人静的时候，他们会给对方唱我们听不懂的歌。

"有一天半夜，男人的身体渗液特别多，都快漂浮起来了。我给他换了一块新的油布，喏，就是你刚才看到的这块。无论我多么轻柔，他还是发出了一声低沉的呻吟。换完油布后，男人不作声了。女人叹息着问，他是不是昏过去了？我说，是的。女人也呻吟了一声说，我们的脖子硬得像水泥管，转不了头，虽然床离得这么近，我也看不见他什么时候睡着什么时候醒，为了怕对方难过，我们从不呻吟。现在，他呻吟了，说明我们就要死了。我很感谢您，我没有别的要求，只请你把我抱到他的床上，我要和他在一起。

　　"女人的声音真是极其好听，好像在天上吹响的笛子。

　　"我说，不行。病床那么窄，哪能睡下两个人？她微笑着说，我们都烧焦了，占不了那么大的地方。我轻轻地托起紫色的女人，她轻得像一片灰烬……"

　　老大妈说，我的故事讲完了，你要看看这块油布吗？

　　我小心翼翼地揭开油布，仿佛鉴赏一枚巨大的纪念邮票。由于年代久远，布面微微有些粘连，但我还是完整地摊开了它。

　　在那块洁净的豆青色油布中央，有两个紧紧偎依在一起的淡紫色人形。

风　铃

刘国芳

　　兵回家探亲时，小琪抱着孩子来看他。兵屋里一屋子人，很热闹，小琪进来，把一屋子的热闹熄灭了。旋即，众人离去。

　　一屋子只剩下兵和小琪，还有那个抱在小琪手里的孩子。

　　相对无言。良久，小琪开口说话了："我对不起你。"

　　兵无言。小琪说："是我母亲逼我嫁给大狗的，他有钱，给了聘礼两万块。我不嫁，母亲跳了两次河。"

　　兵无言。小琪说："我是爱你的，一直爱你，我也知道你喜欢我，你还同意的话，我跟大狗离婚，跟你结婚。"

　　兵无言。小琪见兵不说话，出去了。俄顷，小琪走了回来，她手里除了抱着一个孩子外，还多了一只风铃。

　　小琪说："这风铃是你以前送我的，这两年我一直把它挂在门口。"

　　兵看见风铃，开口了："你现在来还我风铃，是吗？"

　　小琪摇头："我刚才说了，你还同意的话，我跟大狗离婚，跟你结婚。这事，你不要急于回答我。你考虑考虑，同意的话，把风铃挂在你门口，我看见了风铃，会来找你。"

　　小琪说着，放下风铃走了。屋里剩下一个兵。兵待着，许久许久。后来兵拿起风铃，在手里晃动，于是有丁零丁零的声音在屋里响起。小琪住在隔壁，听得到风铃声，她跑出来，抬头往他门口看。

他门口没有挂风铃。小琪待在自家门口，潸然泪下。

兵回部队时，也没把风铃挂在门口，兵把风铃带走了。回连队后，兵把风铃挂在营房门口。是大西北，风大，风铃整天在门口丁零丁零地响。兵没事时，呆呆地看着，还说："小琪，我把风铃挂在门口了，你看到了吗？"

军营里挂一个风铃，起先让兵们觉得好玩，久了，兵们烦了，觉得丁零丁零的声音很吵人，于是让兵拿下。兵拿下来，把风铃放好。但没事时，兵会把风铃拿出来，兵找一个无人的地方，坐下来，然后把风铃放在胸前晃动，让风铃丁零丁零地响，还说："小琪，我把风铃挂在我的心口了，你看到了吗？"小琪看不到，兵把风铃挂在心口也罢，门口也罢，小琪都看不到。小琪只看得到他的家门口，那儿，没有风铃。

两年后兵退伍了。这回，小琪没来看兵。兵问人家："小琪呢？怎么不见？"人家说："小琪不怎么出来了，整天缩在家里。"兵说："出了什么事了？"人家说："小琪老公找了一个更年轻的女人，同小琪离婚了。"

兵沉默起来。隔天，兵把风铃挂在门口。

小琪没来。兵便看着风铃发呆，在心里说："小琪，我把风铃挂在门口了，你看到了吗？"有风吹来，风铃丁零丁零地响，兵听了，又在心里说："小琪，风铃在响，你听到了吗？"

小琪听到了，也看到了，但她一动不动抱着孩子坐在屋里，没出来。

隔天，兵找上门去。兵去之前，把风铃取了下来，然后放在胸前，同时用手晃动着，于是在风铃丁零的响声中，兵走进了小琪屋里。

小琪见了兵，把头勾下，然后说："我现在被人遗弃了，你还来做什么？"兵说："来告诉你，我不但把风铃挂在门口了，还挂在心上了。"

说着，兵又把手中的风铃晃动起来。小琪的孩子，四岁了，听见风铃响，孩子把一只手伸出来，说："妈妈我要。"

保卫垃圾

刘庆邦

　　这是一座高层居民楼，居民入住该楼时，见楼内自上而下建有垃圾通道，通道在每层都留有一个倾倒垃圾的开口。居民倒垃圾不必下楼，掀开开口处的铁盖板，直接把垃圾倒进通道里就行了。把垃圾装进塑料袋里往通道里扔时，只听得稀里哗啦一阵响，好一阵子才听见垃圾包落地的声音。把垃圾放进土簸箕里往通道里倒呢，通道的抽风功能会把灰尘抽得返上来，人们躲避不及，会落得一鼻子灰。楼的最底层有一个容积不小的垃圾仓，每天一早一晚，清洁工会打开仓门，把垃圾扒出来弄走。

　　后来北京爆发了一场名叫"非典"的流行性传染病，为了强化公共卫生安全，堵住疾病传染渠道，就把高层居民楼上下通气的垃圾道给封闭了。从那以后，居民再扔垃圾，只能把垃圾装进袋子里，乘电梯把大包小包的垃圾提溜到楼下，扔进摆放在门口的垃圾桶里。人们的生活千奇百怪，无所不包。垃圾作为人们生活的余料，内容同样复杂而丰富。其中有些垃圾仍有利用价值，可以挑出来卖钱。于是，捡破烂一族便应运而生。那些穿行在居民区以捡破烂为生的多是外地女人，她们常常左手提着一只蛇皮袋，右手执一根铁钩子，每看见一个垃圾桶，就走过去，用铁钩子在垃圾桶里扒拉。使用铁钩子这种专用工具的好处是，因垃圾桶比较深，扒垃圾时，不用把桶放倒，人不必钻进垃圾桶里，就把可以卖钱的垃圾捡到了。

在这座楼第一单元的楼门口，放有绿、蓝、黑三只不同颜色的垃圾桶，意思是提醒居民，把垃圾分类分装，不同类别的垃圾分别扔进不同颜色的垃圾桶里。居民们哪里管这个，他们把不同的垃圾裹在一起，随便往哪个垃圾桶里一抛就完了。

有趣的是，垃圾桶旁边的一个水泥台子上，坐着一位七十多岁的老头儿，一天到晚守着那几只垃圾桶，像是在保卫那些从各家各户拿出来的垃圾。老头儿坐的地方，既是单元楼门口的出口，也是地下室的出口。地下室出口一侧，是用水泥台子围起来的一个小小的花池。花池里没见种过花儿，只有泥土。坐在花池边水泥台子上的老头儿，显然不是花儿，也不是泥土。花儿比较好看，泥土比较沉默。老头儿既不好看，也不沉默。老头儿的目光有一些凶，样子像是一只看见猎物随时准备出击的鹰鹫。

一个捡破烂的妇女走了过来，老头儿说，去去，到别的地方捡去！

为啥？

不为啥，说不让捡，就是不让捡！

妇女伸头往垃圾桶里看了一眼。

看什么看！

怎么，连看看都不让看吗？

我怕你看到眼里拔不出来。

算你厉害。妇女只好走了。

老头儿不让别人捡，为的是自己捡，他实行的是垃圾垄断。老头儿对捡破烂颇有经验，也比较挑剔。看上去没什么货色的塑料包，他不会打开。旧鞋、破衣服、烂床垫、坏电器和食品一类的东西，他都不要。他只捡纸壳子、旧报纸、旧书本、易拉罐、矿泉水瓶子一类的东西。捡到废品，他临时堆放在身后的花池子里。到了傍晚，他把捡到的东西打捆，或放进一辆竹制的老式童车里，推到附近的废品收购点卖掉。

这天中午，老头儿回家吃饭离开了一会儿，回头见一个妇女正在垃圾桶里扒垃圾，并捡出了一个鞋盒子。老头儿大声质问，干什么呢？命妇女把鞋盒子放下。

妇女吓得愣住了。

我让你把东西放下，你听见没有？

妇女像是舍不得把捡到手的鞋盒子放回垃圾桶里去，说，这又不是你们家的东西，你为啥不让捡！

谁说不是我们家的东西，就是我们家的东西，我说不让你捡，你就不能捡。你放下不放下，不放下我让狗咬你！老头儿话音刚落，老头儿豢养的两只狗像是听到了指令，跑到妇女身边，冲着妇女叫起来。两只狗都是狐狸狗，个子都小小的。狐狸狗虽小，叫起来声音可不小，样子也有些凶。

有刚好下楼的居民见老头儿和捡破烂的妇女吵架，就站在旁边看。他们知道，这个居民小区原来是北京北郊的一个村庄，老头儿就是村庄里的一个村民。后来北京不断扩大，村庄拆掉，盖起了几座高楼，变成了居民小区。而老头儿是居民小区的回迁户，从村民变成了市民。老头儿没有工作，靠政府发的最低生活保障费生活，属于低保户。别看人家是低保户，却一下子养了两只狗。两只狐狸狗像是他的两个保镖，天天和他一块儿保卫垃圾。

捡破烂的妇女显然是从外地农村来的，她不是很害怕狗，但她怕狗仗人势，真的咬到她。要是她的腿被两只狗咬上一口两口，要是她得了疯狗病，那就糟了。于是，妇女狠狠地把鞋盒子扔回垃圾桶，走了。

老头儿获胜。

黄 羊 泉

谢志强

已经离休的左矿长说，早年发现这眼泉，是一头黄羊引的路，那眼泉就叫黄羊泉了。

我慕名拜访了左矿长，他赋闲在家，没离开黄羊泉。他说，我喝惯了黄羊泉的泉水。

这个黄羊泉的传说在沙井子垦区流传甚广。上世纪五十年代初，三五九旅一支部队驻扎沙井子开垦荒野，都是戈壁沙滩。远远地，可以望见喀拉蒂克山脉，当地人称黑老山。

当时，左矿长还是一名排长。部队首长说，有山就有水，左排长，你带上几名战士上山，找找水，垦荒不能没有水。

左排长带领三名战士出发了。垦区和大山中间隔着戈壁和沙漠。看看山不远，应了那句看山跑死马的话。他们是徒步，过了一片一片戈壁，一道一道沙梁，可那山还是那么远远地耸立着。左排长说，那山好像会自己往后退。再走半天，山还那副样子。行军壶里的水已经喝干了。他闻着沙漠的干燥的死亡气味，像是要把体内的水分都收走那样。

夕阳西斜。左排长绝望地下令鸣枪求救。可是，枪声还没来得及传开便被广阔的沙漠吸收掉了。枪声像炒豆一样。

突然，左排长发现了一个闪动——那是永恒的宁静里的一动——一只黄羊，是沙子的金黄色，好似一小堆沙粒凝聚起来，被风鼓动着奔跑。

左排长说，那一刻，我知道有救了，死亡的沙漠出现一只黄羊意味着什么？它是生命，生命离不开水。

左排长说，盯住，别让它甩掉我们。四个人不知道哪儿来的力气，抛开了累和渴，开始撵黄羊。而且，子弹上了膛，打算撵不上就放枪撂倒它。

黄羊跑得那么轻捷、灵活，带起了一溜儿沙尘。它跑跑停停，不让他们接近，不让他们离远，老是保持着一定的距离。左排长说，它像山里来的一个精灵。沙漠里的事儿就是这么奇怪。

黄羊站在一座沙包顶上边，望着绝望的他们。他们喘着粗气，喉咙里涌上一股液体一样的火流。黄羊在沙梁上边用蹄子刨着沙子，像是作弄他们。

太阳像是好奇，舍不得沉没，又在沙梁上镀了金辉。黄羊的踪影和太阳的余晖一起消失了。

沙梁顶，他们看到了一片绿洲。奇怪的是，耸立的山影已在眼前，像突然垂下的天幕。左排长说，我怀疑是不是我的耳朵出现了幻听，沙漠里常常这样，我听到了流水的声音。

水养育了绿。这道沙梁隔着两个世界。甚至，左排长闻到了沙枣花的浓香。那是个初夏。水在吟唱，那是沙漠里最悦耳的歌声。他们扑向溪流，一阵狂灌，身体像胡杨树一样顿时焕发出生机。

左排长胡乱抹了抹嘴，说，他娘的，真有这么甜的水呀。他告诉我，那是他一辈子喝过的最清甜的水了。他们沿着溪流，找着了山脚下的源头，那是一个清泉，咕嘟咕嘟地冒着水。泉水边沿长满了茂盛的灌木丛，缀满了细细碎碎的金黄色的花儿。

金色的黄羊就在泉边。它也在饮水，只是没他们那样急切。黄羊像是披着金色的阳光金色的沙粒，浑身是金色，它的眼里闪着温柔，还有俏皮。一看就知道，它从来未受过人类的侵扰。

左排长端起了枪——好久没有沾过荤腥了。黄羊的眼里没有恐惧，它大概不知道黝黑的枪口意味着什么。它根本没有这种戒备，它没有过这类记忆的阴影。

枪响了。左排长看见金色的黄羊头颅绽开了一朵鲜红的花。黄羊没来得及恐惧。那花瓣溅开来，落入泉水，泉水一片洇红。

左排长当时还得意自己的枪法——已经很久没有过过枪瘾了。他喊，中了，中了！黄羊被肢解，又在舞动的篝火里散发出诱人的香味。

后来的事儿，左排长一直弄不懂。第二天，他携带着壶里的泉水，赶回去，向首长报告他的发现。首长欣喜地喝了一口，可又忙吐出来。首长说：这是啥甘泉水？又苦又涩又咸，还有一股羊膻味。

他们一起辩解，说，咋会苦呢？真的很甜的呀。他们再尝，果然又苦又涩又咸。左排长犯嘀咕，咋变味儿了呢？

再上山。那泉水确实又苦又涩又咸。左排长说，我嘴硬，就是不承认那泉水的苦，我总能在苦味中喝出一丝甜来。我相信第一次的感觉，别人都回味不出那种甜来。

左排长——现在已是离休了的左矿长——说，那泉水确实苦，我坚持喝过来，这也是对我的惩罚吧。我想想，是这么回事儿，最初它甜，我的嘴巴也不会弄虚作假。

发现了泉，随后，又发现了泉水附近的山上有硫黄、煤炭、石灰、石英等矿藏，那里建立了一个矿区。左排长自愿当了矿长。矿区的职工家属都喝垦区天山引来的雪水，但他仍坚持喝泉水。

左矿长说，那以后，我再没使过枪了。他还说，远看，这座山像一只黄羊。我还是第一次发现，确实像一只黄羊。

远　航

陆颖墨

西昌舰要走了，是最后一次远航。

舰长肖海波下达了起航命令，西昌舰悄悄地驶离了海军博物馆的码头。它走得很沉重，似乎满腹心事，在舰桥上的肖海波看了看手表，已是深夜两点。他朝左前方张望了一下，整个城市都熟睡了。父亲这时候真的已经睡着了吗？会不会从梦中惊醒？

父亲叫肖远，今年七十多岁了，是西昌舰的第一任舰长。三十多年前，国产的西昌号驱逐舰刚刚服役下水，就参加了那场著名的海战。激战中一颗炸弹在后甲板爆炸，引起高压锅炉管道着火和严重泄漏。两名水兵紧急维修时，头顶的一根横梁朝两名水兵砸了下来。肖远冲过去，用身体挡住了横梁。西昌舰得救了，肖远在医院躺了三个多月。以后的日子，只要西昌舰一起航，肖远受伤的腰部就会隐隐作痛。

昨天上午，在海军博物馆隆重举行了西昌舰退役仪式。选定这个温暖而晴朗的日子也是因为肖远，他在舰队医院已经住了一年多了，数不清的化疗和放疗，已经让他铁塔一样的身子虚弱不堪。

肖远从救护车上下来时，身穿海军中将军装，一帮医护人员带着各种抢救设备，用轮椅把他推上了甲板。西昌舰的每一位接任舰长跟在他的身后，依次走上军舰。现任舰队司令宣布西昌舰退役命令后，肖远缓缓地站立起来，依次对继任的八位西昌舰舰长点名。尔后，老舰长用沙哑的嗓音讲起西昌舰执行的每一次艰巨的任务。老舰长不可能知道，这艘军舰也马上要离开博物馆，去执行最后一次任务。

肖海波已经被任命为新的西昌舰舰长，这是国产最新型导弹驱逐舰。新舰已经下水。最后一次试验成功后，就要服役。这个试验就是要验证舰上新型导弹的打击能力，如果仅用一枚导弹能击沉一艘驱逐舰，新西昌舰就合格了。而老西昌舰就是这次试验的靶舰。肖海波只有亲手击沉老舰，才能驾驶新舰进入人民海军的序列。

肖海波当然知道，过去，老西昌舰只要一起航，父亲腰部就会痛，所以他担心老西昌舰离开博物馆无法瞒住父亲。

西昌舰缓缓地沿着海湾航行，除了左边远处海岸边偶尔冒出的点点渔火和航标灯外，剩下都是漆黑一片，大海也仿佛睡着了。

肖海波回到舰长室，躺在铺上，刚睡着没几分钟，就莫名其妙地醒来。信号兵报告左侧海岸边山头有信号。

副舰长说："是不是睡迷糊了？这个山头上没有信号灯塔。"

肖海波也知道信号兵肯定弄错了，这段航道他太熟悉了，左边山头是……忽然他身子一激灵，跳了起来，赶紧拿起望远镜朝山顶看去。他马上呆住了。山顶上有一个小亭子，亭子里有几个人，父亲肖远坐在轮椅上，正用手电朝军舰发着信号，反复只有两个字：去哪？

父亲果然没有被瞒住，进口的镇痛药能镇住癌症病痛，却无法割断西昌舰对他的牵引。

肖海波马上对信号兵说回信号，军舰要去远航，要去很远很远的地方，但只走很短很短的时间。

父亲似乎明白了什么，但依然不死心，又问，远航？

肖海波回答，是的。

父亲那边又问，为什么？真是最后一次了吗？

肖海波回答，是最后一次，也是第一次。

父亲那边停了一会儿，又问，第一次什么时候？

肖海波回答，很快。但是军舰变年轻了，就像您当年第一次见它一样年轻。

父亲好一会儿没有回信号。军舰快要驶远了，肖海波命令放慢航速，再等待一会儿，终于父亲回信号，我真羡慕它，能在轰轰烈烈中远航。

军舰渐渐远去，山上再也没有信号发出，肖海波这才发现自己刚刚读懂了父亲。这时，他在望远镜里惊讶地看到，父亲的眼角闪着亮光。这是他第一次看到父亲流泪。

一个月后，按照肖远的遗嘱，在我国最新型的导弹驱逐舰——西昌舰上为这位老舰长举行了海葬。

我和米格

何 申

米格是一条狗。

二十年前的初夏，我逛离宫，在宫墙根下的花鸟鱼虫市场，见到卖大小狗的，一时喜欢，花二百元买了一只。我怕小狗难养，买的是只半大的狗，应该是被人养过的。卖者说，这是俄罗斯狗，叫米格。往下，我也就喊它米格了。

米格短毛，通体纯白，短耳耸立，体格健壮，极其好动。我一开始没理会，后来看别的狗摇尾巴，说，米格怎么不摇？仔细一看，天哪！米格没尾巴！或者说也有，但只有个小尾椎，跟没有差不多。请教明白人，说就是这样的品种，摇不了尾巴。

那一年，我对职场是愈发心烦了。按说我是从干事、科长一路干上来的，工作上的事难不住我。但那时社会风气渐变成规：公事难以公办，须走人情路线。比如，单位内部科室调整，人员变动，明明向上级或有关部门打了报告，但要批下来，还得请客吃饭或送点儿烟酒才行。因此，无论去权力部门，还是在酒席桌上，我都得笑脸相迎，好话不断……

我很惭愧，在这一点上我不如米格。米格天生傲气——没尾巴可摇，从不向人讨喜欢。又短又硬的尾巴像锥子，硬硬地向上撅着，像根刺向权势的尖矛。我问它，你怎么这么牛？见了我也不亲热？米格耷拉下狗眼——狗眼看人低，它一定感觉没什么了不起，都一般高，没必要低三下四地去和你主动亲热。

那时，报社的日子尚好过，属于热门单位。但我却一接电话就头疼，十有八九是要往我这儿塞人。曾经的老领导，你得给人家面子吧；现任的领导，你怎敢怠慢；有关部门的头头儿，也有求得着人家的时候；老同学老朋友，不能装不认识；自家亲戚，总不能冷冰冰……外人看我这一把手挺神气，其实我谁都不能也不敢得罪。每个电话都得让我费尽口舌，但结果还是把人伤了一圈又一圈。

我很羡慕米格，米格心无烦事，一身轻松，躺下就睡，醒来就玩。米格个性十足，脑后有反骨，我叫它老实趴着，它偏站起来。老伴儿看它不顺眼，它就龇牙瞪眼不服气。我带它出去会名犬，米格不向前凑，它不羡慕什么公子（狗名），也不喜欢什么贵妇。米格要做的就是自己。

我不想干了，跟朋友私下说了，得到的都是善意的劝阻——你有病呀，人家想当官还当不上！没小车坐，你外出多没面子。我看看米格，米格一点儿也不喜欢住楼房吃狗粮还要定期洗澡。它只想回归自然，回到同类中去。它像疯了一样，撕咬房间里任何能够得着的东西。为此，我家墙上钉了很多钉子，挂着诸如拖鞋等一切本该放在地板上的物件。老伴儿对米格的成见越来越大，说它是苏联米格飞机变的，来咱家不怀好意。

我写了辞去行政职务的报告，并请了一年创作假。领导说，假可以给你，职务就别辞了。我说实话，请创作假的目的就是为了辞职。看我态度坚决，据说已有数人闻讯争当这个社长——三条腿的蛤蟆难找，两条腿的人有的是——上面很快批下来。

我立即一身轻松，领着米格路过机关大门，我喊，拜拜吧，您呀！米格跟着"汪汪汪"地吼几声。

这年我四十七岁，二十载奋斗，一朝返璞归真。工资尚有，人成白丁。在家写小说，身边只有米格陪同。没有电话，没人串门，世态冷暖，不上我心。我很快乐，米格也很快乐，但我还想给它更大的快乐。

半年以后，米格长成一条大狗。有一天，我带它到山上，前面是一片松林，再往前是通往北方的路。我忽然想试一把，对米格说，你要是愿意走，就走吧。奇怪，米格竟然听懂了！它先是一动不动地瞅着我。当我又说了一遍，它就慢慢地朝前走去，又停下，扭头朝我叫了两声，然后，就头也不回地向松林深处跑去。

我后悔，满腹狐疑待在原地，希望这一切不是真的。天暗下来，不见米格，我往家走，期盼着一道白光飞到身边——但是没有。老伴儿见我一人回来，欣喜若狂。我则一夜不眠，静听门外可有挠门声。很遗憾，直至天亮也没有。从此，我再没见过米格，也再不养狗了。

蒙 面 人

罗伟章

那年我在北京写剧本，住在右安门一个老旧的居民区里。我租的那套房，大约四十平方米，除客厅、厨房和卫生间外，还分出了两间卧室，空间之狭小可以想见。加之久不住人，墙上挂着空空的蛛网，地板泛着陈年的油光，岁月被关在里面，关得发霉。就是这样一套房，我问月租多少，主人说，一间五百元。说得斩钉截铁。意思是租下整套，每月要一千元。我咬咬牙，认了。我知道北京的行情。

作为没有任何经济来源的"北漂族"，月付千元房租，无异于泰山压顶。我写出告示邀合租者。告示上我特别写明了自己从事的"编剧"职业，倒不是别的意思，只是想表明我走的是正道，多多少少还有些教养，让人放心。

仅仅过了一天，就有人打电话来。听声音是一个小伙子，口气异常谦恭。

我把地址告诉了他，让他过来看看。

没多久他就来了。果真是个小伙子，中等身材，高眉骨，小眼睛。他来之前，我怕他看不上，还特意打扫了屋子。谁知他根本就不关心房子的事，而是进到我的卧室，很有兴趣地盯住电脑。电脑的显示屏上，是我正创作的剧本《重拳出击》。

他说江哥，你真是编剧呀？我点了点头，问他愿不愿意跟我合租。

愿意啊，不愿意我就不过来了。

言毕他风风火火地就要出门，说是去搬东西。可我的心无法放进肚子里。我觉得，他是在敷衍我。为留住他，我说，小李（他叫李强），租这套房是一千块，我可以把我跟房主签的合同拿给你看，你来后，我们平摊，一人五百，卧室由你挑，我住的那间比较透风，要是你想住，我就搬到另一间去。

他的小眼睛不停地眨，江哥看你说的！你烟抽得那么厉害，本来就该住在透风的屋子里。你忙你的剧本去，我回去收拾，一会儿就过来。

他果然如期而至。带来的东西非常简单，一个书包就装下了。

我一个人的时候，从不做饭，居民区外的小巷里，有不少小吃，早饭我出去吃碗馄饨，顺便带回两个大饼，中饭和晚饭就解决了。李强来的当天晚上，就跟我商量，江哥，以后我们自己做饭吧。这建议当然好，自己做饭不仅省钱，还吃得舒坦。可我是最怕麻烦的人，何况这里不像我家乡那样通天然气，都是烧煤气罐，那家伙我看着就头大，而且烧不了多久，一罐气就完了，又得去换，我觉得自己根本就扛不动；打电话让别人送上门吧，送一罐得多付五块钱。

李强说，你别担心，换煤气的事由我来，我有的是力气；只要我不外出，饭也由我烧，江哥你是写剧本的，你就安安心心写——你那剧本还要多久写完？

把初稿拉出来，再修改，需要两个月左右吧。

两个月呀……他说，好的，就按我说的来，行不？

行当然是行的，就是把你亏待了。

自此，我们各出一点钱，都交到他手上，他去买米买菜。每次买了东西回来，他都利用吃饭时间一五一十地给我报账。只是让他一个人干活到底不像话，烧饭时，哪怕我正写得起劲，也起身去帮忙择择菜什么的。每当这时候，他都把我拦开，说江哥你别过意不去，我们能合租一套房，就是几百年才修来的缘分。我从来也没想过，在异地他乡，竟然碰上这样一位好兄弟。

他外出的时候不太多，但要出去就是整天不归。每次回来，他虽然带着笑脸，但眉眼里的疲惫和沮丧显而易见。有天深夜，我听到他开门进屋，一边热我留给他的饭菜，一边轻轻地哼歌：为了超越平凡的生活，注定暂时漂泊。

这两句歌词，唱到我骨子里去了，唱得我差点掉泪。我走出卧室，想好好跟他说说话。以前认他是兄弟，只是生活上的感觉，现在他走入了我的内心。

那两句歌词，他不是随便唱的，而是从灵魂深处发出的声音。

饭菜已热好，他正狼吞虎咽。见我出来，他说，你还吃点不？我说，不了。你是不是一整天没吃饭？他停止咀嚼，不回我的话，只说，我出去找活做，又没找到。他身上很脏，布满灰土。

你……找什么工作？

演员，我从小的理想就是当演员！他露出羞涩的微笑，眼神却很坚定。

原来是这样。

我来北京已经五年了，他接着说，当了几回群众演员，播放的时候连我的影子也瞧不见，有一次终于有了我的镜头，还是个特写，可是……那回我演的是个蒙面人。

说到这里，他很愧疚地望着我，江哥，我来跟你住，就是希望能在你的剧里演个角色，你不会……

我知道他想说什么，我说不会的，怎么可能呢。

我心里很酸。

有件事我一直想问你，他犹疑地说，你剧本里有水戏吗？我在黄河边长大，扳舵使桡搏浪击水，都是一把好手。如果我演水戏，肯定演得像模像样！

我说，有啊，有，只不过是长江不是黄河，可那不都一样嘛！我本来只准备写三场水戏，干脆再多加几场。到时候，我一定把你推荐给导演。

他眼睛一红，江哥，我真想喝酒。

别喝了，你也累了，该休息了。看你这样子，是从建筑工地上下来的吧？

他老老实实地承认了，说平时无以为生，就去工地上挣点饭钱。

他洗碗的时候，我回到了卧室。坐在电脑前，我心里格外沉重。为让他高兴，我说了大话。他哪里知道，此前我写过六个剧本，都无一被人看中。我跟他一样，都是芸芸众生里的"蒙面人"。

然而，我却把本子拉到开头，认认真真地加入此前根本就没有的水戏。

身 份 证

尤凤伟

彩秀和小艳上了律师的轿车。车在风雪中颠簸着朝小苇村方向行进。

你们在城里打工吗？律师问。是。小艳答。家是埠前？律师问。不是，我们去找李仙娥。她是俺一个厂的。她爹病了，要回家，老板不批准，扣着身份证。李仙娥没法子，爬墙去偷，被厂里的狼狗扑上身，给咬伤了。彩秀说。

伤重吗？律师问。重，骨头断了，瘫了，是她哥把她背回家的。小艳说。

你们去干什么？律师问。给她送身份证，放了年假，老板才把身份证还给俺们。小艳说。

车颠簸起来，律师两手牢牢抓住方向盘。糟糕！律师叫了一声。汽车前轮陷进横在路面上的一道一尺深的沟里。谁这么缺德呀。小艳用脚踢着雪说。

他们来了。彩秀望着村子方向说。从村子那边走过来一簇人，走到近前站下，把手揣在袖子里，眼光在车和人之间移动，毫不掩饰得手的喜悦。

乡亲们，帮帮忙吧。律师掏出香烟往那些人的手里递。我有急事，需要今天赶回市里啊，我不会白辛苦大家的。我……给报酬。律师说。

多少？问的是一个宽面汉子。一人……十元。律师说。不行，一人一百元，宽面汉子说。律师没吱声。宽面汉子和他的人同样站着不动，一副打持久战的样子。律师问宽面汉子，你是小苇村的吧？认识一个叫李秀生的吗？

他是俺村的，不是给抓起来了吗？宽面汉子问。律师点点头，不光抓起来了，还被判了死刑。啊！宽面汉子一伙一齐现出惊恐状，面面相觑。

如果不能快点去救他，年前这几天就会被执行枪决。律师说。

救？咋样救？宽面汉子首先打破沉寂。能救下吗？几个村民急切地问。

律师说，我来就是为这件事。我是法庭指派为李秀生辩护的律师，宣判后我和李秀生谈话，才发现他的年龄不对。身份证填写的出生时间是农历，如果这是事实的话，那么他实施犯罪时的年龄还不满十八岁。按法律会免一死，我来就是要证明……

一个矮瘦男孩尖声打断说，我能证明，李秀生比我出生晚一天，我是 12 月 11 日，他就是 12 月 12 日。律师问，哪一年？矮瘦男孩说，1987 年。律师又问，属实？矮瘦男孩不住地点头，属实属实，我敢拿头担保。一个穿旧军大衣的高个儿青年向他摆摆手，说你那颗头分量轻了，这事得由我爹证明，1987 年那会儿他当村支书，他的话管用。让律师同志到村吧。宽面汉子说。又把手一扬，抬抬车。

事情发生了逆转，律师惊讶地看着这一幕。

　　大约过了两个时辰，事情做毕，律师将取得的材料装进黑色公文包，轻轻嘘出一口气。李秀生的爹妈以及宽面汉子一伙人把律师送到村口，都把他当成救命菩萨，千恩万谢，感激涕零。小艳和彩秀又上了律师的车，律师要在回城以前先把她俩送到埠前村。没走出多远，白皑皑的前方出现两个人影：一个是那个矮瘦男孩，另一个是比男孩更矮瘦的女孩。车停下来，律师问在这儿干吗，是不是要搭车？男孩说，听说你们是要去埠前找李仙娥？小艳和彩秀一齐点头。男孩说，不用去了，半个月前李仙娥就死了。彩秀想想说，她伤了咋会死了呢？男孩说，她喝农药了。从城里回家腿烂了，医生说要锯掉，她想不开……小艳和彩秀悲哀地沉默着。

　　不去埠前村就直接先把你们送回家吧。律师说。不待小艳和彩秀回答，那个矮瘦女孩扑通跪在雪地上，抽抽泣泣地颤声说，好姐姐求求你们了。小艳安慰地拍拍她的肩膀说，小妹妹有事只管说。倒是那男孩先开口了，说，李仙娥死了，她用不着身份证了。小艳和彩秀一齐把疑惑的目光转向律师，律师也面呈疑色。男孩又说，求求你们，把身份证给我妹妹吧，她要去城里打工，可年龄不够……求求啦，给我们吧！

往　事

潘　格

　　有天和母亲一起去逛免税商店。直逛到午夜，商店打烊，两个人才开开心心地提着大包小包出来。出了门才发现犯了个天大的错误：忘记带伞。

　　寒冬的夜晚，雪花夹着小雨，空气里充斥着凉冰冰的北风的气息。霓虹灯暧昧地亮着，马路被雨水浸得亮晶晶的，车辆溅起激扬的水花儿，行人一路奔跑，我们站在巨大而炫目的广告牌前，望着这流动的城市画面不知所措。

　　照经验，这样的天气，出租车是不好打的。不出所料，我们站在那里，一遍一遍挥手，可是没有车停下来，并非司机拒载，是压根儿没有空车。十分钟过去了，母亲开始发抖，我找出先生朋友的电话打过去，我说我先生出差了，能不能用你的车接我们一下？他问清了地址，说，好的，没问题，马上就到！

　　我们放心了，对擦肩而过的每一辆出租车漠不关心，不管它们空还是不空。又是十分钟，有电话打进来，朋友很抱歉很抱歉地说，真对不起啊，车不知出了什么毛病，死活发动不起来，你们还是打个车回来，好吧？

　　放下电话，我狠狠地骂了一句粗话。母亲看了我一眼，没有说话，她走到路牌下伸出胳膊。一辆辆车带着水声从我们身边呼啸而过。车灯打过来的时候，我看见母亲颤抖得厉害的双腿，她的关节炎最怕这样的天气了，我不清楚它们还能坚持多久去支撑母亲的身体。我终于忍不住要冲到马路中间。

母亲一把拉住我，你要干什么？实在不行，我们可以走路回家啊！

走？你知道有多远吗？你的腿允许你走吗？我叫道。

当然允许了！母亲执拗地说，我现在就走给你看！说完，丢下我钻进了夜色。

风呼呼地刮着，雨小了，但雪下得正紧，马路上几乎没有行人了。我和母亲，我们两个人，沉默着，一步一步走在深夜回家的路上。

忽然，一辆车停在我们身边。车窗内探出一张脸，隔着玻璃问，喂，是不是没打着车？

是啊，你走吗？我说。

有人！他说，顺手从里面丢出一样东西，先用着吧，天太冷，老人怕受不了！

然后就一踩油门，开走了。

我弯腰拾起地上的东西——一把雨伞。寒冬的雨夜里，一把雨伞是多么重要啊！我跟母亲合打一把伞，继续赶路。

过了没多久，迎面开来一辆车，雪幕中的车窗里，灯箱上写着：空车。

在空调开得暖意融融而音乐恰如其分的车厢里，我昏昏欲睡，母亲却和司机打开了话匣子。

母亲说，师傅，这么晚还不收工啊？

送完你们就回家。老人家，您冷吗？空调要不要开大一点？

母亲摇头，说这样很好。

老人家，这么晚你们出来做什么？

呵呵。母亲笑了，天冷了，女儿说要给我添件毛衣，我怕不合适，就跟来试一试。

买了吗？

买了！

什么颜色的？

枣红的。母亲说，我喜欢灰色的，可女儿说红的好，显年轻。

是哩，上了年纪的人穿红色好看，我妈也喜欢红色的毛衣，老念叨要买。

你母亲多大年纪了？

司机沉默了。

母亲也许以为他没听见，继续问，老太太的身体还好吧？

司机摇摇头，我母亲……他说，我母亲不在了。

母亲显然想不到是这样的结果，她一时不知该说什么好。我也不知道。车厢顿时安静下来，只有收音机在低低地吟唱。

我母亲……他轻声地说，走了快一年了。最近，我夜里老做同一个梦，梦里我回到小时候，我妈搂着我坐在枣树下，我一颗一颗地吃着枣儿，吃着吃着睡着了，妈妈用手拍着我的背……

他继续说，我妈一直喜欢一件红毛衣，我答应给她买，可我每次都忘记买，我跟自己说，没关系，下次一定买，反正有的是机会。可等我真正要买时，才发现已经没有机会了……

哽咽着，他擦了一把脸，你们说，我是不是个浑蛋？

音乐缓缓流淌，窗外的马路上行人全无，雨水落在玻璃上，然后慢慢滑落，整个车窗就像一张布满泪水的面孔。

终于，他踩下刹车，说，到了，下车吧。

我搀着母亲慢慢走下来。

付车费给他，他说不要。

为什么？嫌少？

他摇头，把伞给我就好了，也许还有人用得着它。

伞？

我们大吃一惊！原来扔伞的司机就是你？他点头，我早就看到你们了，本想拉着你们，可乘车的那个客人不同意，我只好扔把伞，送完那个人，又回来接你们。这么冷的天，你们一老一小，还拎着东西，挺不容易的。

丫头，付双倍的车费给师傅。母亲命令我。

他拒绝。

不行！怎么能让你白跑呢？母亲坚持。

说不用就不用嘛！司机提高一个音调喊道，老人家，知道我为什么扔伞吗？知道我为什么折回来吗？就是因为您啊！

我？母亲迷惑不解。

因为您。司机说，我坐在车里，看着走在马路上的您，我就想起了我妈。她也像您这么瘦，这么驼着背。我想我妈一定很高兴，因为我帮了您，我……

司机说不下去了，从我手里夺过伞，跳上车就走了，甚至不容我们说句谢谢。

母亲站在那里，寒冷和难过让她抖成一团。

我走过去扶着她，我说，妈，回家吧。

母亲望着我，轻轻地说，我把毛衣落车上了。我说，没关系的。

母亲继续说，你记得车号吗？我不记得了。

我说，我也不记得了。

母亲握紧了我的手。我们一起在心里祈祷，但愿在这寒冷的冬夜，一件毛衣的温度能够暖和一颗失落的孝心。

短信故事

刁 斗

　　我要讲的，不是人们在移动电话上互传那些可笑或不可笑的各种段子的事。

　　去年年底我搬进新书房，原来的座机电话随旧书房一道不属于我了，朋友给我个小灵通电话。作为移动电话，小灵通的方便不言而喻，但比之座机电话，它接收的垃圾短信常骚扰我，不看吧怕误事，看呢又往往哭笑不得，让你心中的某种期待备受捉弄。我不知道这种手机上的交通规则该归谁管，电信部门除了通过各种霸王条款收取费用，是不是也有担当警察的责任义务？

　　当然没法子的事我不会多想，我需要的是调整自己与垃圾短信的关系。大部分短信都不好玩，或通过低俗无趣生硬呆板的言辞邀你拨打某个电话，或告诉你什么贱卖了谁来演出了，或说点奥运会的事沙尘暴的事。这些我只一看了之。可对有些短信，我却渴望与之呼应，在呼应中，让那短信的性质发生变化，把它变成我开心的由头，以给我乏味的日常生活添点乐子。比如有短信说："我是一个美丽女孩，可没人陪我逛街，好烦哦。"我就回："逛街与如厕一样，最好独自进行，有他人陪同会干扰你的流连与选择。"或者："自我评价过高是人类的通病，请以后自称美丽时一定慎重。"再比如有短信称："……手机号码抽奖活动中你获得二等奖八点八万元请……"我就回："白痴，创意必须与时俱进，你这种把戏早过时了！"或者："你可否代我付税？八万归你，寄我八千就行。"还或者："我有新骗术，专利费不高，如需要请来人携款面谈。"像这后一条短信发出之后，我还会放下手头工作，像人大代表政协委员提议案那样，开动脑筋发明新法。我觉得，人家要是真有诚意来我这儿取经，我不应该玩"阳谋"忽悠人家。

不过给我发垃圾短信的人都太功利了，没空与我交流沟通，让我的乐趣日渐索然。直到有一天——

很长时间里，每周我都能收到四五条标有"本市消防局提示"字样的短信："商场购物四处瞅，注意安全出入口"；"清除火灾隐患，犄角旮旯多看"；"烟头莫乱扔，心头敲警钟"……最初我很讨厌这些拙劣的打油诗顺口溜干扰我生活，可时间稍长，我意识到，这个编短信的人有点像我：只有对语言对修辞有浓厚兴趣的人，才会字斟句酌地把文件上的枯燥告示处理成这个样子呀，而且那种持之以恒的发布热情，只能源于强烈的发表欲。我断定这短信作者是个读过《红旗歌谣》的主旋律诗人。我这人有点好为人师，对喜欢舞文弄墨的人也有好感，兴之所至，便把经常性地回复那些"消防短信"当成了课业：好的表扬，指出好在哪里；不好的批评，指出字词上韵脚上逻辑关系上的具体问题。这样，差不多两个月后，我的互动努力感动了上帝。某日，我终于接到了来自那个特殊电话号码的、但全市肯定只有我一人能收到的"消防短信"：

"请你注意，干扰公务是要负法律责任的！"

大　鱼

安石榴

　　镜湖里有大鱼，不是一般意义上的大鱼。就是说，不是一米两米长的大鱼，而是三四十米长的大鱼。

　　镜湖大鱼的事情虽不及喀纳斯湖大鱼影响广泛，但也终于是沸沸扬扬的了。

　　这是个噱头吗？抑或是炒作？都不关我的事，我用这样的语气叙述和任何传媒不搭界，只因为……等一下！

　　我的伯父住在镜湖边，是个老林业，年轻时在镜湖水运厂，专门把刚砍伐下山的原木放入湖中，排好，原木就顺着湖水的流向被运出山外。我从来没亲眼见过水运原木的壮观场面，它像一种灭绝的动植物永远消失了。我只见过一幅版画，不过我觉得好在只是一幅版画。

　　我的伯父安居山中，和伯母养了一头奶牛、两只猪、三箱蜜蜂、一群鸡、一条狗，侍弄一大块园子。

　　那一次我到伯父家，正是关于大鱼的传说四处播散的时候，但是从没有人通过任何方式捕捉到它。是的，从来没有。

　　我走进院子的时候，伯父和伯母正在八月的秋阳里采集蜂蜜。伯父穿着一件半截袖的老头儿衫，露着两只黝黑的胳膊，一只脚踏着踏板，蜜蜂们"嗡嗡"地围着他转。我看得心惊胆战——伯父稀疏的头发里、伯母的鼻尖上都有蜜蜂爬来爬去。

我把照相机、摄像机、高倍望远镜等机械，高高架在伯父的院子里，一排枪口一样对着湖面。在这些事情完成之前我没有说一句话，伯父伯母也未理睬我。

我问伯父："真的有大鱼吗？镜湖就在您眼前，您见过大鱼吗？"

伯父沉吟了片刻，说："你记好了，什么事情都不能让人知道。"伯父把"人"字说得很重，"人要是知道了，就不妙了。要是人不知道这山里有大松树，那些大树就还活着，现在还活着，一千年一万年也是它。人知道了，那些大树就没有了，连它们的子孙也难活。"

我心里当时充满了探索的欲望，打断大伯，说："求您说实话，到底有没有大鱼？"

大伯深深地看了我一眼，不吱声。我突然感到不同寻常的异样。首先是大黄狗，刚才还在我身边蹦跳着撒欢儿，这一刻忽然夹起尾巴、耷拉着耳朵、耸着肩膀，一溜烟钻进窗户下面的窝里去了。几只闲逛的鸡抻长了脖子偏着头，一边仔细听，一边高举爪子轻落步，没有任何声息地逃到障子根去了。

我猛地领悟了伯父的眼神，随即周遭巨大的静谧漫天黑云一样压下来。阳光并不暗淡，依然透明润泽，但是森林里鸟儿们似遇到宵禁，同时噤声，紧接着，平静如镜的湖面涌起一层白雾，顷刻一排排一米多高的水墙，排浪似的一层一层涌来，然后……等一下，你猜对了。

大鱼出现了！

大鱼又消失了！

一切恢复原样。

我带的几件现代化机器等于一堆废铁。是的，我没来得及操作。我懊恼地坐在地上，看着鸡们重新开始争斗，大黄狗颠儿颠儿地跑出院子站在湖边高声吠，森林里鸟儿们的歌声此起彼伏。我忽然想：其他动物或者植物该是怎样的呢？

伯父却淡淡地说："我们活我们的，它们活它们的，互不侵犯。"

又说："你倒是个有缘的，有时候它几年也不出来一次。"伯母在旁边连连点头。

随后的一个月时间里，我都住在伯父家里。我睡得很少，吃得也很少，基本上不说话，但是心里很静很熨帖。伯父伯母每天仍然愉快地忙碌着，两只猪、一头牛短促的呻吟和悠长的叹息互相唱和，呈现的都是生命的本来面目。

一天晚上，伯母拿出自酿的山葡萄酒，我和伯父喝着唠着，伯父就给我讲又一个惊人的森林故事。

野人？外星人？等一下，别猜了，你猜不对。而且，我和伯父一样，不会说出一个字。

打死也不说。

爱情与火车票

徐则臣

听到过两个关于买火车票的段子，照录如下：

1. 某年春运期间，公交车在离北京西站还有三站路时停下，司机提醒车里乘客，要买火车票的同志请下车了，在此排队。

2. 你要是爱一个人，就帮他买火车票；恨一个人，就让他去买火车票。

后一个段子表达方式不新鲜，但有了第一个段子垫底，再想想春运时那人山人海、大海捞针一样壮观的买票场面，可以发现，爱和恨以车票作比还是很有表现力的；假如你就在北京站和北京西站的现场，你一定会深刻体会到何为爱之深，何为恨之切。

——你看出来了，我要说的不是关于苦大仇深的火车票，而是爱与恨，是爱情。

这是门大学问，我来说，肯定说不清楚。这也是我朋友的评价，男人哪懂什么叫爱情。我这朋友是女的，一个可爱的五岁男孩的妈，讲起爱情来很有一套。我把以上段子夹缠在爱情理论里介绍给她，她颇为不屑，反问一句，如果既爱又恨怎么办？是啊，我一下子就晕了，这火车票该谁负责呢？正确答案是什么？她手一挥，说，自己去买。

我们都知道她有一段可歌可泣的爱情故事，起码在外人看来是如此，从开始到现在，一直遵循两个传统的美学原则：郎才女貌，忠贞不渝。若干年前，她还在南方某城市念大学，和高一个年级的师兄谈上了恋爱。该师兄很是优秀，学校招到这样的学生就是为了留校用的，但他心有旁骛，不为留校所动，立志要到北京干一番大事业。赴京之前依依惜别，相约女朋友毕业之后立马北上，让有情人终成眷属。前半年鸿雁传书，互致缠绵，邮政和电信系统都给他们弄烦了；到后半年，强度总算降了下来，恢复到正常人的水平。但这个强度对他们来说，至少对我这朋友来说，差了不少火候。她敏感地意识到，北边可能有了敌情。这是大事，她买了车票，就去了北京（那时候没到春运，排了队基本都能买到票）。师兄有点疲惫，面对质疑低下头，长发遮住仓皇迷离的眼睛。师兄说："一个人奋斗，有点儿孤单。"

我朋友看着那颗颓废的脑袋越垂越低，原谅了他，说："去给我买火车票！"

车票不难买，就是火车站有点远。作为惩罚，不许在代售点买。

我朋友毕业之后，放弃了本校的保研机会，拿着毕业证到了北京。她就想，能让师兄少孤单一天就少孤单一天，都不容易。郎才女貌，其乐融融，师兄不再孤单了。就是这时候我认识了他们俩。在朋友圈里他们堪称恩爱的典范，怎么看怎么顺眼，师兄的事业像绑定了火箭，一日千里地往上蹿。作为公司副总，师兄要交际和应酬，年轻有为，才华横溢，而且时时处处关心人，状态非常好。朋友们一有难处，他就像及时雨宋江一样出现："要火车票？没问题，我找人帮你买。"

他们过了几年好日子，在我们看来就是神仙眷侣。你没法想象比那再好的了。常在河边走，师兄免不了要湿回鞋。有一天，一个陌生的女人给我朋友打来电话，上来第一句就雷人："你是某某老婆吗？你得把老公让给我。"我朋友刚生完孩子，正在想办法节食、锻炼，以图早日恢复师兄喜欢的魔鬼身材，接完电话觉得自己虚弱得不行，仿佛节食和锻炼过了头。

"你们多久了？"我朋友问。

"跟你没关系。"对方说，"你该做的事就是退位。"

孩子在摇篮里哭，我朋友眼泪吧嗒吧嗒往下掉。直到把孩子和自己一起摇到不哭了才说："你让他亲自跟我说。"

事情的结果是，师兄没和她就这个话题说过一个字。一看见孩子她就觉得心里长出了乱糟糟的灌木，此时此刻，此情此景，如果没有爱，如果没有这孩子，她会怎样？这个复杂纠结的心理活动，她没有告诉我。限于此文篇幅，她决定把细节跳过去。经过几天的连续失眠，她决意一声不吭，因为她想不出既爱又恨的解决办法。她一声不吭地去做事情，包括过去一直做的，也包括很久没做过的；不再每天晚上到了十点就打电话问他什么时候回来，不再告诉他明天她要去哪里要干什么，她把他们的关系搞得像合租的房客。她把他晾在一边。凭她的观察，师兄的脸上已经逐渐现出被晾着的空白表情，尽管他努力制造各种表情，那空白还是越来越大。

有一天我朋友决定回娘家，抱着孩子去北京站排队买了车票。那天不是春运，但买票的队伍在售票窗口还是甩出了很远。她抱着孩子，胳膊都快累脱臼了。回到家，看到师兄的脸像张麻将牌里的白皮。

"去哪了？"

"买火车票。"

"为什么不坐飞机？"

"想坐火车。"

"那你可以跟我说。让保姆去也行啊。还带着孩子！"

"我乐意。"

对话简短。

她在娘家过了半个月，师兄从北京赶过来了，那张脸已经从白皮变成了五饼，红彤彤的，有了内容。这次他把头抬起来，说："老婆，回家吧。都过去了。"

所以，到现在，我们看到的依然是两个美好的成语：郎才女貌，忠贞不渝。

数　羊

王　族

　　数羊是图瓦人的一种游戏。

　　游戏很简单，从一只羊开始往上数，数到三百只羊就赢了。这只是一种数字游戏，并不用赶三百只羊到场。一个人碰到另一个人了，想和他赌一赌，就说，咱们数羊吧。两个人中可以有一个人任意选择数羊或监督。选择数羊的人开始"一只羊，两只羊，三只羊，四只羊……"往上数，监督的人则标出赌注：你若数到三百只羊，我就给你一只羊；你要是数不到，就给我一只。一般人都数不到三百，因为在每个数字后面都带有"羊"字，人的思维很容易被分散。也有人数到了三百，从别人手里赢得了一只羊。有一段时间，村里人认为数三百太多，把数字降到了二百，但后来受到那些数到过三百的人地痛斥，便又恢复到了三百。

　　数羊也是人的尊严的表现。走在村子里，有一个人突然把你拦住要和你数羊，这时候你不能躲避，如果躲避的话，别人就会笑话你。男人嘛，在阿尔泰大山里就是养羊的嘛，连一只羊都玩不起，你以后不可能有更大的羊群。被别人这么一激，谁都会马上去数。好多人都是因为被激起了数兴，才输了羊的。

输了之后，心里后悔，却又无法发作。有一段时间，有人专以数羊为生，把这种古老的游戏演变成了一种赌博。他们掌握了数三百只羊的什么方法，战无不胜。村里人都害怕他们，看见他们便远远地躲开。

村里的小孩子也玩这种游戏。他们没有羊，输了之后就用铅笔或作业本抵，但他们把一支铅笔或一个作业本说成是一只羊，输了就给，决不反悔。有一个小孩子的父亲得知自己的儿子赢得了别人的一只羊后只拿回了一支铅笔，感到不公平，便去找那个孩子的父亲，提出按多年来的传统规矩办事，必须得给他一只羊。那个孩子的父亲二话不说，牵出一只羊给了他。他说，我的儿子虽然输了，但输羊不输人，我儿子长大还要成为男子汉呢，一只羊算什么。要羊的那个人说，我儿子今天赢了，已经是男子汉。两个人一个不服一个，于是便又赌起来，结果，来要羊的那个人输了，那只刚刚到他手里的羊又回到了原主人的圈里。他气不过，向对方说，明天我牵十只羊来，有本事咱们好好数一数。不料当晚下了一场大雪，他的羊被冻死了好几只，到第二天早上不够十只了。男子汉大丈夫，一言既出，驷马难追。他把自己的马牵来，说，用一匹马抵两只羊，我不怕吃亏。两个人站在寒冷的风雪中开始数，你一轮，我一轮，一直数到下午。结果，他把八只羊加一匹马全输了。正懊恼之际，不料他的儿子却欢叫着跑过来告诉他，刚才他和那个人数羊时，儿子和那个人的儿子也在数，结果儿子赢了他们八只羊和自己的马。他转忧为喜，从对方手中牵过八只羊和自己的马，领着儿子兴高采烈地回家去了。走在路上，他想，战斗了两天，到头来自己不输不赢，这样也挺好。

村子里数羊输得最多的人是孟多。那几年他运气不好，老是输，越输他越不服气，越不服越输，输到最后，他连一只羊都没有了。别人都不愿和他再玩。有一个人对他说，我们现在有这么多的羊，但你却没有一只，等你有一大群羊了再来和我们数吧。孟多痛下决心，开始养羊。他的羊群到了几百只的时候，他已从年轻人变成了中年人；羊群到了一千多只时候，他又由中年人变成了老年人，但他却还不去和人数。一直等羊群上了两千只，这时候，他再去找那几个曾经赢过他的羊的人，但他们早已死了。细细一问，才知道他们自从有了从别人手里赢来的羊以后，就不再去干活儿了，过一段时间宰一只羊，吃完了便又去宰，最后，坐吃山空，到老年的时候，日子过得极其贫穷。

孟多感慨万千，这世上从来没见过谁靠数羊能拥有一大群羊，而真正拥有羊群的人，都是像他这样勤勤恳恳靠劳动所得。

其后不久，孟多突然记起了一件事，在年轻的时候，他曾欠过一个人一只羊，当时自己曾许下诺言，等以后自己有羊群了，一定还上。这么多年过去，人家从来没提过此事，他感到很愧疚。他从自己的羊群中挑出十只最肥的羊赶过去找那个人，但那个人早已搬到别处去了，谁也不知道那个人的具体地址。孟多后悔至极，没想到自己活到老，却无法偿还欠别人的一只羊。如果能找到那个人，孟多一定要把这十只羊给他。想想现在自己拥有了这么大的羊群，却一直欠着别人的一只羊，这件事也类似数羊一般，自己一口气从一数到了三百，但最后自己还是输了，因为欠别人的一只羊再也无法还了。

走在村子里，孟多又见到了一对对数羊的人。他从他们身上看到了自己当年的影子。人们一天天过着日子，数羊这种传统的游戏，仍被人们视为生活中的一种秩序、一种竞争、一种显示着人的尊严和信用的独特的方式；人们自觉遵守这个游戏的规则，这个游戏也相应地激活了人们的生活。那一刻，孟多才知道，数羊这种游戏是多么有意思的一件事。

一只羊被数来数去，一会儿是你的，一会儿是我的，羊没有变，人也没有变，只有一场游戏在变。

应了那句老话，人生就是一场游戏。

特别通行证

魏永贵

新落成的车站，闹哄哄的候车大厅入口。

一名安检员把一位老人拦住了，微笑着说，老大爷，请您从这里走。安检员说的"这里"，是一个黑色金属做的拱形门。负责安检的是两个年轻姑娘。

老大爷伸手摸了一把拱形门，说，新鲜，咋竖个空门框在这里。

安检员说，大爷，这是安检门，从这个月开始实行安检。

大爷耳背，安全门？哦，从这里走安全？大白天的，哪里不安全？好，我听你的，我走。

老大爷就要通过，安检员又拦住了他，大爷，您等一下，我们要对您检查一下。

老大爷有些疑惑了，啥？检查？俺来坐车，又不是进医院，检查啥？再说，你看看，俺结实着呢。大爷拍了一下胸膛。

排队进站的人长龙一样等着过安检门。安检员来不及多解释，笑着说，大爷，您老人家只需要在这里站一下。说罢，急忙用探测仪在大爷身体的外侧上下扫了扫，然后说，大爷，请您把手举起来，转过身去！

老大爷侧着耳朵凑过去，似乎没听明白，你说啥？

安检员示范了一下，这样，把双手举起来。

举起来？老大爷比画了一下，突然火了，把才举到半截的手放下来，有些激动地责问笑眯眯的安检员，什么，你让俺举起手来？要俺投降？俺当了几十年的兵，从来不知道啥叫双手举起来！小毛孩子，你怎么能让俺转过身子投降呢！

安检员有些着急了，不是，大爷，我们是按规定对您进行检查，看看您身上有没有携带危禁品，请您配合一下。

老大爷说，俺明白你们的意思，俺也可以让你们检查，可你们怎么能让俺举起双手呢！当年俺老连长说过，一个爷们儿，不能举手，也不能下跪，宁死不能举手投降。你们竟然要俺投降！

另一名安检员立即对这个有些为难的安检员说，算了，别耽误时间，你赶快扫一下让他走，真倔。

安检员噘着嘴，才扫了一下老大爷的腋下，金属探测仪迫不及待地嗞嗞叫起来了。老大爷也吓了一跳。

安检员说，大爷，你这里有东西，请拿出来。

安检员指了老人腋下接近胸口的地方。那里有一个口袋。

东西？哪有什么东西。老大爷咕哝着，一边把口袋翻了个底朝天。口袋里除了一张用布包着的老照片，什么也没有。安检员又一次伸过去检测——金属探测器再一次欢快地叫起来。

另一名安检员走过来，笑着说，大爷，您衣服里面估计有金属之类的东西，您再仔细找一找。

老大爷把上衣的几个扣子解了，露出赤红色的有些瘦却结实的胸膛。胸膛上，斜趴着半条蜈蚣一样的刀口。安检员看见，老大爷衣服里面，的确什么也没有。

安检员有些疑惑。后面等着安检的人嚷嚷说，快点儿。安检员再一次把扫描仪贴到老大爷身上，金属探测器再一次嗞嗞响起来。

老大爷突然呵呵笑了，指了指安检员手里的探测仪，呵呵，俺明白了，你这个东西就像俺当年用过的探雷器，碰着带铁的就响。呵呵，是不是？老大爷一拍胸脯，实话告诉你们，俺这里，有炸弹！

老大爷话音刚落，两名安检员立马扭头就跑。

很快，一个负责安全的中年人走过来，身后是那两名脸色苍白的女安检员。

中年人很谨慎地问，大爷，什么情况？你说你这光光的身子骨上有——炸弹？老大爷冲着两名安检员笑了，呵呵，看把两闺女吓的，俺是说俺这里面有弹片。大爷俺当年跟日本人干，冒着炮火往前冲，俺往一个碉堡扔一捆手榴弹，醒来就在担架上，才知道俺身上也有炸弹片。后来，没等取完，俺又偷着上战场了。再后来，就留身体里没法取出来了……这不，这是俺的红本本。

老人颤巍巍地掏出来一个有些陈旧的红色小本本。上面有一行醒目的字：革命军人伤残证。

哦。两名安检员都捂了嘴。

中年人牵起老人的手，大爷，您跟我来！

老大爷说，怎么，不检查了？

大爷，您通过了我们的检查。您身上留下的弹片，就是最特别的通行证！我也是一名退伍兵，您是俺的前辈，我送您上车！

临上车，中年人问，大爷，您这是去哪儿？

老大爷说，去看一个老伙计。

中年人说，哦，我明白，去看战友，他在哪里？您都电话联系好了吗？

电话？老大爷哈哈笑了，说，他那里不通电话。老大爷又转了平静的口气，我已经去看了他几十年，我的老伙计，睡在那片他倒下去的地方了……

老人眼望着远方。

中年人把大爷送上了车。车走了很远，中年人还站在那里，他双脚并拢，敬了一个标准的军礼……

边地老人

谢友鄞

　　我浪迹辽西边地，对老人满怀敬畏。一溜儿老头，撒蘑菇似的蹲在墙根下，晚春了，仍穿着青棉袄、抿裆裤，像旧书插图里的庄稼儿在边地，光阴流得很慢，但他们还会死的。死了个老人，比死了个年轻人更让我难过。一个人活了八十年、九十年，对生活已经烂熟，突然两腿一蹬，走了。这怎么受得住？年轻人对生活还不习惯，死的时候就轻松多了。

　　房东老爷子家，墙上挂排猎枪，棚顶吊盘巨大的蜘蛛网，颤悠悠垂下，又悠悠然缩回去。蜘蛛结网几十年，老人不准任何人碰它。黝蛛精摆的阴阳八卦，它盘踞在八卦图中，占卜着吉凶祸福，世事沧桑。

　　老爷子带人伐树，那是棵树王。根部被砍断，还不倒，活成精了。汉子们唬得变色。老人猛然醒悟：它恨，它要报仇！老人脱下布褂，朝山坡下忽悠一甩，树王误以为是人，顺势扑下去，轰隆倒地了。

　　八位杠夫抬起巨大的原木，往木工作坊送。打头的吆喝，齐步走啊！

　　众人和，嘿！

杠夫们奇怪，咋这般死沉，别扭？左边四位用右肩扛，左膀叫大肩；右边四位搁左肩扛，右膀叫小肩。迈左腿都迈左腿，抬右腿都抬右腿。谁迈错一步，被拽得一个趔趄，木头一扑棱，能把对面杠夫的脑袋扑拉成血葫芦。一步不敢差！

眼瞅一个小伙计小肩塌软，小脸蜡黄，气喘吁吁，脚飘得要跟不上了。打头的感觉出来，急出满脸恶汗，牙齿咬得咯嘣嘣响，却不敢嚷叫不敢骂。老爷子犹如下山虎，猛扑上去，托住伙计的杠头，挺起腰杆，瞬时，几十年前的力气重新回到了身体内。老人打胸腔深处吼出一声，迈左腿呀！嘿！杠夫们得救似的叫出来！

老爷子背起猎枪，看山护林。一只鹰在天上盘旋，黑压压的翅膀遮住阳光，羽肋白骨分外清晰。鹰影落在地上，像一只蝙蝠。老人皮肉皱皱，硬得像穿山甲。他的影子在地上簌簌爬，怎么也撵不上那只"蝙蝠"。老人跟我叨咕，野物不挡道，就甭开枪。我说，咋？老爷子说，你养儿育女，人家也生儿养女，各过各的日子。我说，可不，人和野物，日子和日子，是连在一起的。我学会了拍马屁，拍别人的马屁，拍自己的马屁；装孙子，装重孙子，一个城里人，在乡下便如鱼得水了。

老爷子乐了，蹲在岗尖吃晌午饭了。老人头发、眉毛、胡须如雪，敞胸袒乳，露出牛皮鼓似的肚子。牙没了，两手逮住大饼子，像老鼠将食儿拖进黑洞，搁牙帮嗑，眯缝眼睛，腮帮抽搐，满脸皱纹活了。他突然抬起头，盯住我，问，春秋战国时，这里森林密布，百禽嬉戏，百鸟争鸣。汉末三国时，曹操东征到辽西，须派工兵伐木开道。森林哪儿去了？

更古远，这儿是海。船中载满逃生的人，船下还有更多的落水者，抓挠船帮，拼命朝上爬。船剧烈摇晃起来，一个人也容不得了。否则，船上船下的人，将同归于尽。一位满头雪白的老兵挺身站立，拔出军刀，在船舷上乱砍。鲜血激溅，数不清的手指噼里啪啦掉落舱内，水里的人张扬着光秃秃的血手，呼儿唤女，哭爹叫娘，下饺子一样沉了下去……老人泪水横流，船载满乡亲们开走了，白雪满头的老兵，一头扎进了波涛汹涌的大海里。

我说不出的震撼！我把常年浪迹的神秘边地，视作第二故乡。老人深沉地一笑，什么叫家乡？你在这儿生活过，不管你生活多长时间，不能叫家乡；你在这儿出生，不能叫家乡；你在这儿有亲属，不能叫家乡；你有实实在在的亲人埋在这里，这儿才是你的家乡，你才刻骨铭心地永远不会忘记它！

呵，边地老人！

薄荷的邀请

田双伶

时令过了谷雨，她家门前的小园子，仍是空空的、黄黄的一片，好像一个心情不好的妇人，板着一张蜡黄的素脸。

她的心情就很不好。怎么可能好呢？从那场婚姻中流落出来，她就病了，整日昏沉沉的，头痛、恶心、烦躁、失眠，黑苦的中药汤汁喝了一碗碗，也没减轻多少。

而邻家和她一样大的园子，此时已热闹闹喧腾腾一片了。春韭已割了好几茬儿，垄间的油菜日渐拥挤稠密，薄荷的嫩芽从惊蛰到现在都没停止过往外拱，一芽芽一丛丛地四处蔓延。她每次都心悸地看上一眼，等它越过边界的时候，就毫不犹豫地将它拔掉。

她端着一杯红茶站在园子里，晒着上午十点钟的太阳，看胖胖的邻家女人蹲在地里割韭菜，看她腰间露出一道让人心惊的赘肉。她想，可惜了这么好的园子。怎么能种这些俗气的蔬菜呢？应该栽上蔷薇或是紫藤，让它们顺着窗栏往上攀，藤蔓垂下一簇簇小花，坐在花香里读书喝茶，多好。可是，从初冬搬到这里，她还不知道该怎么去栽种花木，园里自然是空空的，春风不度。

邻家女人吃力地站起身，看见她，隔着低矮的栅栏递过一把韭菜，说，前天下了场雨，就蹿着长起来了，你也尝尝鲜。

她的笑容掩起了不屑，说，谢了，我不习惯那味道。

邻家女人笑呵呵地说，我家那口子呀，特爱吃韭菜馅饺子，每次包饺子他都能吃好多。

她听了，无力地垂下眼皮摇摇头说，我头痛。转身要回屋。

女人看她摇头闭眼痛苦的样子，说，你等等。说完，弯腰掐了几片薄荷叶，在指间揉碎，朝她伸过手说，来。

她怯怯地将头低垂着伸过去，听话地让女人把那一团青绿涂在太阳穴上。瞬间，一丝清凉从太阳穴沁入鬓角，将她从混沌中缓缓唤醒。

真是奇了，她向邻家女人道谢。女人乐呵呵地指着地上的薄荷说，管用你就随便掐，掐了还会发的。

天依然晴好。隔着栅栏，她细细看邻家的园子，西墙角扯的晾衣绳上，五彩斑斓地挂满了衣物：孩子的小衣褂、男人皱巴巴的衣裤，女人的花上衣、褪了色的床单被罩，一看就是含棉量不高爱起球的化纤织物。邻家女人身上穿件松松垮垮的睡衣，端着红色塑料盆给菜浇水。屋里传出孩子的哭闹声，女人一边吆喝男人去哄孩子，一边叨叨着菜叶上怎么长了虫子。

她与邻家，只隔着一道木栅栏，却仿佛隔了世间的一层烟火。这样的俗日子，在她眼前，生动着，美好着。

邻家女人指着地上那丛青绿的薄荷，唤她，过来摘呀。

她一次次走进邻家的园子。三片两片薄荷叶，就那么一掐一揉一抹，一丝清凉，竟然让她的头痛一天天好起来。

每到中午时分，隔壁的厨房里便传出有节奏的叮当声，继而爆油锅的刺啦声，葱花的香气飘过来。她贪婪地嗅着那香气，觉得自己像个窥视的小鬼，在吸纳人间的烟火。

屋里只她一人，静得很。她越来越怕这种静了。静，如一个无声无形的鬼，悄然藏在身旁，一丝丝吸纳她的元气。她将冰冷的咖啡壶、面包机、料理机，都收到柜子里，又去超市买了花围裙，在菜场买了韭菜、鲜肉和面粉，备全了调料，她想包回饺子，做个勤快妇人。往日冷清的厨房热闹起来。她笨拙地调馅、和面、擀皮儿，不一会儿，鼻尖上手臂上全是面粉，照镜子一看，自己都笑得不行。饺子煮熟了，她盛出一个尝，一下子烫了舌头嘴唇，泪都出来了。抹泪的那一瞬间她怆然失神，从前的婚姻，独独缺了这烟火气呀。自己做给那人吃的，什么鲜花沙拉、海鲜料理，对脾胃都没有亲和力；即使那人爱吃的饺子、汤圆，也煮的都是速冻食品，难怪那人苦笑着说，吃得胃寒，都成了速冻人了。婚姻就是这样冷下来的。原来想把恋爱时的浪漫情调带到婚姻里，如同把黄山的云雾装入坛子里一样不现实。

她将饺子煮好，晾凉，小心地盛进保温盒，拎着出门，坐上公交车转过大半个城市。她要去送给那个人吃。

当她把饭盒端给那人，掀开盖子，她看到了一双黑眸闪出的惊喜，顷刻化为湿润。

她的日子开始活色生香。每天清晨，她步履轻盈地拎着篮子去菜场，回来后篮子里装满了新鲜的菜蔬、鱼和豆腐，米粮菜蔬在她的手中如花落花开。饭食做好装好，而后，拎着保温盒，坐上公交车绕过一条条街道，送到那人面前。洗手做羹汤，原来也是如此的幸福。她明白了以往朋友说她的那句话：再精美的瓷器，能有粗瓷大碗端在手里实在吗？

立夏过了五六天，那人和她一起回到家里。她牵着那人的手去看邻家的园子，欢欣地指给他看，却惊奇地发现，邻家的薄荷，竟然不管不顾地，已经在她家的园子里恣意丛生，串了一大片。以前她曾经想，等它越过边界的时候，就毫不犹豫地将它拔除。可是，这绿叶舒展的薄荷，谁能拒绝得了它呢？

她说，我们采些做薄荷茶，邀请我们的邻居来品尝吧。

那人说，好啊。

初夏的空气中，清凉的薄荷香气从她的园子里弥漫开来。

公交车试验

肖复兴

那天等公交车，站台上，我前面站着两个姑娘，看装束模样，像打工妹。寒风中，车好久没有来，两人跺着脚，东扯葫芦西扯瓢地聊了起来，聊得挺带劲儿，时不时忍不住咯咯笑。听她们的言谈话语，才知道已经不是姑娘了，都刚结婚不久，嘴里的"老公、老公"跟滚豆儿似的，叫得亲得很。

其中一个系着红头巾的女人对戴着黑白相间毛线帽的女人说起自己和老公的一次吵架，说得兴味盎然。我听得真真的，是去年夏天，她和老公吵架，一气之下，跑出了家门，一走走老远，走到天快黑了，想起回家，坐上公交车，才发现自己穿的连衣裙没有一个兜，自然没带一分钱。她对戴毛线帽的女人说，你知道，我和我老公租的房子挺偏的，得倒两回车。没钱买票，心想这可怎么办？我就对售票员说，我忘了带钱，你让我坐车吧。人家还就真的没跟我要钱。倒下一趟车的时候，我又说，我忘了带钱，你让我坐车吧，人家又没跟我要钱。我都到家了，我老公还在外面瞎找我呢。等他回来，天都黑了，他进门看我在家里，问我是不是打车回来的？我笑他，没带一分钱，打什么车？说着，两个女人都像得了喜帖子似的笑了起来。

售票员的善意，让小夫妻之间不愉快的吵架也变得有了滋味。

毛线帽对红头巾说，北京公交车售票员的眼睛长得都比眉毛高，没刁难你，让你白坐车，算你运气好！

红头巾对毛线帽说，要不待会儿来车了，你也试试？你就说没带钱，看看是不是和我一样，也能碰上好人？

毛线帽拨浪鼓似的连连摆头，我可不敢，让人家连贬带损地数落一顿，别找那不自在！

红头巾却一个劲儿地怂恿，边说边推了一把毛线帽，没事，你试验一次嘛！

毛线帽回推了一把红头巾，要试你试！

红头巾撇撇嘴，胆子这么小，我试就我试！

正说着，公交车已经进站，停在她们面前，车门吱的一声开了。两人脚跟着脚地上了车。车上的人不算多，有个空座位，两人让给了我，好像故意让我看她们接下来的表演。

红头巾走到售票员面前，毛线帽拽着吊环扶手没动窝。售票员是位四十来岁的大嫂，眼睛一直盯着向自己走过来的红头巾，以为是来买票的，没有想到红头巾说，阿姨，我忘带钱了，您看看能不能让我坐车啊？售票员面无表情，抬起手，一根细长的食指毫不客气地指指后面的毛线帽说，你没带钱，她也没带钱怎么着？

得，今天遇到的售票员不是个善茬儿，试验刚开始，就卡壳了。幸亏红头巾反应快，回过头也指了指毛线帽说，我们不是一起的。毛线帽只好配合着赶紧摆手又摇头。谁知售票员久经沙场，眼睛里不容沙子，对她们两人说，行啦，进站时候我早看见了，你们俩推推搡搡连打带闹的，还说不是一起的！像一只气球，还没飞起来，就被一针无情地扎破，满怀信心想试验一把，让夏天那个美好的回忆重现，没想到演砸了。红头巾一下子尴尬起来，霜打茄子似的耷拉着头，不知如何是好。售票员步步紧逼，嘴里不停地说，快着吧，麻利儿地赶紧掏钱买票，一块钱一张票都舍不得花？说得满车厢的人的目光都落在红头巾的身上，毛线帽赶紧走上前去，掏钱替红头巾买了票。红头巾才像沉底的鱼又浮上水面缓过了神儿，对售票员解释，阿姨，不是我不想买票，我是想试验一下，看……售票员撕下票塞在她的手里打断她，行啦，试验什么呀？像你这样逃票的，我见多了！

　　这时候，车到了下一站，车门打开，两个女人落荒而逃。我心里在想，售票员应该把红头巾的话听完，当她明白红头巾坚持试验的一点小小的愿望后，兴许就是另一种结局。但也说不好，即使知道了红头巾试验的愿望后，没准照样是这种结局。如今很多事情，结尾常南辕而北辙，美好芬芳的愿望如旷世的童话，早已经被现实磨损成一双臭袜子。

走 出 沙 漠

沈　宏

　　他们四人的眼睛都闪着凶光，并且又死死盯住那把挂在我胸前的水壶。而我的手始终紧紧攥住水壶带子，生怕一放松就会被他们夺去。

　　在这死一般沉寂的沙漠上，我们对峙着。这样的对峙，今天中午已发生过了。

　　望着他们焦黄的面庞与干裂的嘴唇，我也曾产生过一种绝望，真想把水壶给他们，然后就……可我不能这样做！

　　半个月前，我们跟随肇教授沿着丝绸之路进行风俗民情考察。可是在七天前，谁也不知道怎么会迷了路，继而又走进了眼前这片杳无人烟的沙漠。干燥炎热的沙漠消耗了我们每个人的体力。食物已经没有了。更可怕的是干渴。谁都知道，在沙漠上没有水，就等于死亡。迷路前，我们每人都有一壶水；迷路后，为了节省水，肇教授把大家的水壶集中起来，统一分配。可昨天夜里，肇教授死了。

　　临死前，他把挂在脖子上的最后一个水壶交给我说："你们走出沙漠全靠它了，不到万不得已时，千万千万别动它。坚持着，一定要走出沙漠。"

这会儿他们仍死死盯着我胸前的水壶。

我不知道什么时候能走出这片沙漠，而这水壶是我们的支柱。所以，不到紧要关头，我是决不会取下这水壶的。可万一他们要动手呢？看到他们绝望的神色，我心里很害怕，我强作镇静地问道："你们……"

"少说！"满脸络腮胡子的孟海不耐烦地打断我，"快把水壶给我们。"说着，一步一步向我逼近。他身后的三个人也跟了上来。

完了！水壶一旦让他们夺去……我不敢想象那即将发生的一幕。突然，我跪了下来："求求你们不要这样！你们想想教授临死前的话吧！"

他们停住了，一个个垂下脑袋。

我继续说："目前我们谁也不知道什么时候能走出沙漠，而眼卜我们就剩下这壶水了。所以，不到紧要关头，还是别动它。现在离黄昏还有两个多小时，趁大家体力还行，快走吧。相信我，到了黄昏，我一定把水分给大家。"

大伙儿又慢慢朝前艰难地行走。这一天总算又过去了，可黄昏很快会来临。过了黄昏，还有深夜，还有明天，到时……唉，听天由命吧。

茫茫无际的沙漠简直就像如来佛的手掌，任你怎么走也走不出。当我们又爬上一个沙丘时，已是傍晚了。

走在前面的孟海停了下来，又慢慢地转过身。

天边的夕阳渐渐地铺展开来，殷红殷红的，如流淌的血。那景色是何等壮观！夕阳下的我与孟海他们再一次对峙着，就像要展开一场生死的决斗。我想此时已无路可走，还是把水壶给他们。一种真正的绝望从心头闪过。就在我要摘下水壶时，只听郁平叫道："你们快听，好像有声音！"

大伙赶紧趴下，凝神静听，从而判断出声音是从左边的一个沙丘后传来的，颇似流水声。我马上跃起："那边可能是绿洲，快跑！"

果然，左边那高高的沙丘下出现一片绿洲。大伙儿发疯似的涌向湖边。

夕阳西沉。湖对岸那一片绿色的树林生机勃勃，湖边开满了各种芬芳的野花。孟海他们躺在花丛中，脸上浮现出满足的微笑。也许这时他们已忘掉了还挂在我胸前的那个水壶。可我心里却非常难受，我把他们叫起来："现在我要告诉你们一件事。为什么我一再不让你们喝这壶水呢？其实里面根本没有水，只是一壶沙子。"我把胸前的水壶摘下来，拧开盖。霎时，那黄澄澄的细沙流了出来。

大伙儿都惊住了。

我看了他们一眼，沉重地说："从昨天上午开始，我们已没有水了。可教授没把真相告诉我们。他怕我们绝望，所以在胸前挂了一个水壶，让我们以为还有水。为了不被我们看出是空的，他偷偷地灌上一壶沙。事后，教授知道自己不行了，因为他已有好几天没有进水了，他把自己的一份水都给了我们。教授把事实真相告诉我并嘱咐我，千万别让大家知道这水壶的真相，它将支撑着我们走出沙漠。万一我不行了，你就接替下去……"

我再也说不下去了。孟海他们已泣不成声。当大家回头望着身后那片死一般沉寂的长路时，才明白是怎样走出了沙漠……

神 刀

张 望 朝

天上的云垂在刑场上空，看杀人。天地都阴森森的。

受刑的是韩大脖子。韩大脖子却在笑。

行刑的是神刀铁五。也只能是铁五。铁五是这一带头号刽子手。砍韩大脖子，除了铁五、别人都不够格。

三声追魂炮响过，监斩官喊了声："开斩——"

观斩的百姓们马上觉着后脖梗儿冒凉风，韩大脖子却还在笑。铁五缓缓提起鬼头大刀。刀光一闪。

韩大脖子依然在笑。

铁五横端鬼头大刀，看了看刀口，朗声说了句："好硬的脖子！"刀口被硌出个豁儿。

铁五径直奔向监斩官，单膝点地跪下，道："行刑已毕，请大人验刑。"监斩官欠了欠身子，看见了刀口上的豁儿，阴冷地哼出一句话："囚犯未死，怎说行刑已毕？"

铁五一挑粗眉，道："大人容禀。判词上说得明白，韩犯当受一刀之刑，这一刀之刑不是凌迟，也不是五马分尸。小人一刀已然砍过，若再砍第二刀，岂不违了大清律法？只怪小人手笨刀钝……"

监斩官森然一笑，道："听说你在江湖之上号称神刀五爷？"

铁五垂首道："徒有虚名，惭愧。"

监斩官道："从今往后，这'神刀'二字，就去了吧。啊？哈哈……"

酒楼。

韩大脖子请神刀铁五喝酒。

韩大脖子说天津话，道："五爷，知道我为嘛（天津方言）请你喝酒吗？"

铁五不管他为嘛，只顾啃肘子。

韩大脖子道："为报答你没砍我第二刀？嘛？明跟你说，县太爷、监斩官那儿，我早花钱打点好啦。你想再砍一刀也没门儿！"

铁五道："就算他想让老子再砍一刀也没门儿。老子砍谁也不砍革命党。"又啃肘子。

"嘛？革命党？"韩大脖子一咧嘴，"嘛革命党啊？俺韩某人就是个江洋大盗，哪他妈是革命党啊？不过是给革命党押过一回军火罢了，那是笔买卖，人家钱花到啦。嘛叫革命？啊？你说嘛叫革命？"

铁五吐出一块肘子肉，道："那……那你请我喝酒干嘛？啊？"

韩大脖子道："交个朋友嘛！说实话，五爷，你那刀法，江湖少有，韩某人点名请你主刀，就是要试试你的刀法厉害，还是我的铁衫功厉害。也就是我韩大脖子，换个主儿，脑袋早让五爷你给挪地界儿啦！哈哈……"

铁五忽觉有点反胃，想吐。

后来韩大脖子又生了事端：把一流浪卖唱女子骗到家中，

先奸后杀卸成八块四下扔了，扔大腿时，夜路上与县衙捕头撞了个满怀，于是败露。花了笔巨款上下一打点，韩大脖子又被判处"一刀之刑"，行刑者又是铁五。

韩大脖子又在笑。刀光一闪。铁五提着没沾半点儿血丝的鬼头大刀径直奔向监斩官："行刑已毕。"

韩大脖子依然在笑。监斩官瞄了一眼铁五横在头上的鬼头大刀，拖着官腔哼道："这回还不错，没让人家的脖子硌豁了你的刀。"

看热闹的百姓都骂："什么世道！"正待作鸟兽散，忽见韩大脖子的脑袋缓缓从脖子上移开，刹那间那一脸欢笑变成一脸惊恐，"咣当"一声，头已落地，"呼"的一下满腔子血喷将出来，鲜花骤然盛开一般。

监斩官顶戴花翎突地一抖，一脸阴笑立时僵住。

铁五单膝点地，双手横刀，一动不动。

"神刀！果然神刀！"百姓们齐声喝彩。

私 奔

傅爱毛

　　阿建决定带玉儿私奔。玉儿最后一次问自己的情人，阿建，你已经想好了要带我走吗？阿建回答，想好了。你不会在临出门的最后一刻突然后悔吧？阿建回答，不会。玉儿还是不放心，又问道，你真的愿意抛下你的妻子吗？阿建回答，我早已不再爱她。你真忍心丢下你的儿子吗？阿建回答，我会寄生活费给他的。玉儿想了想，又问道，阿建，你真的会在 12 月 28 日晚上 8 点钟准时赶到火车站吗（需要说明的是：12 月 28 日是玉儿的生日，阿建和玉儿约定，乘坐当晚 8 点的火车私奔）？阿建回答，会的。玉儿又问道，阿建，如果你正要出门的时候，你妻子正好从外面回来了，你怎么办呢？阿建回答，我会告诉她，我出差。如果你正要出门的时候，你儿子突然抓住你的手说，爸爸，别走，我一个人待在家里害怕，你怎么办呢？阿建回答，我会说，孩子，不用怕，我不在，你妈妈很快就会回来陪你的。玉儿低下头，沉思了一会儿，又问道，如果你正要出门的时候，突然下起雨来了，你怎么办呢？阿建回答，那我就打上一把伞。如果不是下雨，而是下了又冷又硬的冰雹，你怎么办呢？阿建回答，那我就戴上一个铁制的头盔。玉儿又问道，如果你正要出门的时候，天要塌，地要陷，河要涨，桥要断，那你怎么办呢？阿建毫不犹豫地回答，我就不顾一切地跑出来，紧紧地抱着你，然后，生则一起生，死则一起死。玉儿沉默良久，第一千零一次地问道，阿建，你真的爱我吗？阿建回答，爱到愿意舍弃包括生命在内的一切一切，也要跟你在一起，朝朝暮暮相厮守，生生世世永相伴。玉儿问完了所有该问的问题，觉得万无一失了，便放心地回家去了。她要打点一下行装，收拾一些东西，做出发前的准备工作。

　　然而，到了 12 月 28 日晚上 8 点钟，玉儿风尘仆仆地赶到火车站时，阿建却没有如约而至。玉儿耐心地坐在那里等，直到天亮，阿建也没有出现。玉儿想了整整一夜也想不出来，阿建究竟遇到了什么难以克服的问题。她拎着沉重的包裹，独自回家去了。以后，玉儿再也没有见到阿建。

　　不知道过了多久，也许是十年，也许是八年，玉儿与阿建不期而遇了。玉儿本想不声不响就走开的，然而，她还是忍不住想问个明白，阿建当年究竟遇到了什么情况，才没有去赴约的。她相信，他遇到的一定是一个巨大的、不可抗拒的、不可逾越的障碍。她平静地问道，阿建，告诉我，出了什么事情？阿建认真地回答，什么事都没有发生。在我要出门的时候，妻子没有堵住门，儿子没有拉着我的手哭泣。天气十分晴朗，既没有下雨，也没有下冰雹。当然，天没塌，地没陷，河水不曾涨，桥梁也不曾断。而且，我也已经打点好了所有的行装，包括钞票、衣服、手电、蜡烛、腰刀、书籍、电话簿、氟哌酸，还有感冒胶囊等。但凡想到的，都准备齐全了，就像人们常说的那样，万事俱备，只欠东风了。然而，出发前十分钟，我忽然发现，准备用来装东西的皮箱的搭扣坏了，无论如何都锁不上了。

我摆弄了足足一个小时也没有能摆弄好。说到这里，阿建顿了顿。最后，他无可奈何又无比真诚地说道，玉儿，你是知道的，我对那些搭扣之类的机械性的玩意儿一窍不通，我总不能拎着一个敞着口子的烂皮箱去浪迹天涯吧？

玉儿终于知道了，毁灭掉她伟大爱情的，原来是那该死的皮箱搭扣。

刘 好 手

张晓林

刘好手原名刘好光，早些年，他在白水巷开了一家面食店，因蒸得一手好馒头，便被街坊喊为刘好手了。

几年下来，面食店生意还算不错，刘好手攒下了几个钱。一有钱，心就大，刘好手便觉得开小店不过瘾了。一番折腾，把面食店给盘了出去，又在樊楼旁边开了一家酒肆，取名就叫"刘好手酒肆"。

樊楼在东京算是五星级酒楼，上面开了很多的小阁子——想来就是包厢了。来这里消费的，多是王子皇孙，豪商巨贾，有时还有朝中的重臣……这些人花钱毫不含糊，出手都很大方——不大方你别来这儿！

然而，世上有钱人毕竟是少数，刘好手酒肆就瞅了樊楼的这个漏档。

酒肆装饰得很典雅，里面也隔成了许多小阁子。但这儿没有樊楼的喧嚣与嘈杂，花费更是与樊楼天壤之别。

到这儿来的顾客，常常是那些手里没有实权的闲杂小官，或者囊中羞涩的文人墨客。他们花很少的钱，坐在一起聚一聚，醉上一场，消消胸中的郁闷之气。在他们看来，这里比去樊楼划算多了。他们慢慢地喜欢上刘好手酒肆了!

刚开张的那段日子,刘好手酒肆的生意却非常冷清。

京城的人大都有些怪毛病,譬如喝酒,再不济也得去一家老字号的小酒馆,或者虽不是老字号,也要有奇特的地方。也就是说,他们喝的不仅仅是酒,还有别的东西!

刘好手酒肆所缺少的,就是这"别的东西"。为了这"别的东西",刘好手绞尽了脑汁。

刘好手孟州有一个朋友,绰号叫木鱼,是个耍障眼法的。鹤发童颜,看上去颇有几分仙风道骨。有一天,他来到刘好手酒肆,找了一个靠窗的位子坐下来。酒店内,稀稀拉拉几个客人在喝酒。

"来壶好酒!"木鱼的声音很高,客人都抬起头来。

店小二跑过来,递上一壶酒。木鱼喝一口,连呼:"果然好酒!"便从褡裢里摸出虎皮篓子,把钱往桌上一倒,钱夹子空了。"全拿去!"木鱼说。

一壶酒喝完。木鱼又喊道:"再来一壶!"

酒上来,他又摸出虎皮篓子,往桌上一倒,竟然又倒出钱来。

如是三次,客人们都蒙了,停下酒杯——他们不明白这究竟是怎么回事!

隔日,市井中就传开了,说刘好手酒肆来了一位神仙,白须飘拂,喝得酩酊大醉而去。

消息传出,人们对刘好手酒肆产生了极大的兴趣。他们都想前去品尝一下,神仙喝过的酒是个什么滋味!

这只是刘好手为招徕顾客所耍的一个小小的把戏。当然,其他的还有。只是作文讲究留白,就不一一赘述了。

差点给忘了,还有一件事,得简单提一下。

刘好手在酒肆最醒目的地方，做了一个木橱，隔成好些格子。每个格子上都写着一个小字条，内容是"某某日顾客遗落雨伞一柄"、"某某日顾客遗落折叠纸扇一柄"，等等。当然，遗落物有不久就被顾客领走了的，也有一些或许顾客永远都不会来认领了。

不管怎么说，刘好手酒肆的生意一天比一天好起来，银子源源不断地流进了刘好手的钱柜。

刘好手脸上挂满笑容。

可是，每到深夜，客走店静之后，刘好手的烦恼就来了。

除了结发妻子王氏以外，刘好手已纳了两房小妾，可没有生下一男半女。

刘好手曾多次撕拽着自己的头发，怔怔地问自己："我挣这么多钱留给谁呀！"

这些天，又多出一件叫刘好手感到闹心的事。

不知什么时候，酒肆的隔壁搬来一对小夫妻。他们开了一家小豆腐坊，连带着卖豆腐羹、煎豆腐。

这对小夫妻，也透着一点古怪。譬如卖豆腐羹吧，只每天早起卖，卖五十碗。一卖够五十碗，收摊子，不卖啦！

煎豆腐、豆腐羹所用的豆腐，都是小两口自己做的。每天五更里，小两口就起床磨豆腐。这小两口喜欢唱歌，磨着豆腐，他们就对起歌来。尽管他们的歌声很低，几乎和哼差不多，但刘好手听着还是刺耳。

刘好手睡觉，只有五更才睡得踏实一点。这小两口一哼歌，他就再也睡不着了！

他对这歌声窝火透了。

清早起来，刘好手脚下像踩了一块云彩，飘飘忽忽的。碰巧与小两口打个照面，小两口还会灿烂地朝他笑一笑。

刘好手觉得那笑像马蜂一样蛰在他心上。

忽然有一天，刘好手发现小媳妇走路笨了许多，再一看，小媳妇的肚子鼓起来了。刘好手一下子傻眼了。直到小媳妇走出他的视野，他还愣在那儿。

这一夜，刘好手更加烦躁，眼看五更天了，还没有一丝睡意。他打开银柜，看着一锭锭雪白的银子，忽然哭起来。就在这个时候，他再次听到了那让他心碎的歌声。

刘好手愤怒了，爆发了，他随手抓起一锭银子，冲到院子里，隔着院墙，将银子狠狠砸向邻院。

"嗵！"银子可能砸在了院子里的陶瓷花盆上，发出一声钝响。

"谁呀？"歌声停止。院子里一片静寂。

"不知道是猫，还是贼？"小媳妇的声音有一丝颤抖。

只听丈夫笑了一声，说："贼瞎眼了，来偷咱家！"停一停，男的又说："我掌灯去瞧瞧。"

"吱呀！"门响一下。院子里游走着一点如豆的灯火。随之，男的压低声音喊起来："娘子，快来看！"

一阵细碎的脚步声。

"呀！"女的低喊一声，嘴就像被什么捂住了一般。

院子里又是一阵慌乱。这一夜，歌声消失了。

隔一日，刘好手见到小两口，两个人心事重重的样子，人也憔悴了许多。

又过几天，这对小夫妻搬走了。

刘好手酒肆的生意越来越红火了，可刘好手的心情却一天比一天糟糕。

黑风衣

嘉 男

从昏睡中醒来，她的目光就停在衣架上，空茫的，却是专注的目光，混合在白昼的光线中，弥留在那件黑色的风衣上。

黑色是她最喜欢的颜色，她的脸白净，也担得起黑。风衣的款式也是她喜欢的，大西服领，双排扣，腰里一根长带子，下摆过她的膝盖一长，花朵一样张开着。料子是纯棉的，挡风寒。

那天晚上，她就穿着这件风衣过铁路。平时她穿风衣，喜欢系上扣子，再系上腰带，那使她高挑的身材更加挺拔。可是那天晚上，她接到火车站开会的电话，抓起风衣，从身后套在两条胳膊上，就那样敞着怀走了。出门后，才知道外面风很大，风一阵阵掀起她的衣摆，她没有理会。她一肚子忧伤，满腔的愁绪，眼泪还在往眼角渗，正需要这风。

从家里到车站的会议室，要过机务段区域几条交叉的铁路线，因为这火车站是终点站，每天只有两列火车出入，过铁路的路口一直没有护栏，从来也没有出过安全问题。她经过的那个时间，一向没有列车表上的火车经过，因而她一点儿也不担心脚下的问题，只顾埋头在愤懑的情绪里往前冲。她过了一组铁路，在平地上走了几步，又跨上另一组铁路。突然，一个站内的火车头，亮着明晃晃的灯，一路驶来一路吼。她急忙赶了几步，越过了铁轨。火车头在她身后隆隆响着，就在这时，她搞不清是自然的风，还是火车头带起的风，又掀起了她的风衣下摆，瞬间，她被火车头带到了轮下……

从医院回到家里，她就看到自己的风衣挂在衣挂上，但衣摆是脏的，接缝还开了一条大口子。家里人只顾忙她的腿了，还没有心思处理这件风衣，不知谁把它带回来挂在这里。它已经破了，再也没有那种简洁的优雅。她一点也没有觉得可惜，对它也没有恨。

这时，丈夫进屋里来给她换尿不湿了。她修长的腿，左腿没有保住，齐齐地从大腿根处被医生截掉了；右腿是留下了，却没有知觉。男人也在车站工作，站上派了几个大男人帮忙，他们用担架抬着她在医院楼上楼下地跑，去做各种检查。为了检查的方便，她被医生脱光了衣服，她就那样躺在几个大男人的眼皮底下来来去去。她躺在担架上自言自语："丢死人了，丢死人了。"这是她当时唯一说出的话。此后，她就像麻木了一样，家里人来了，她不说话；朋友来看她，她也不说话。

丈夫站在床前说："给你找的保姆明天就来，保姆来了，我就得去上班了。"

她仍然望着黑风衣，像没有见到他这人，没有听到他的话。出事后，她一直没有跟他说话。他一直在护理她，她就当他是机器人，对他没有任何反应。而他小心谨慎地做着一切，生怕碰醒一头母兽似的。赔着小心，为她做一切，这是他现在能做的一切。他们谁也没有再提起那个晚上，只有他们两人知道发生了什么。那天晚上，他又喝了酒，又打了她，然后自己也痛哭，一直坐在厨房的餐桌前。而她哭过后，就坐在卧室的梳妆台前写着什么，还在写着时，接到单位开会的电话，她随手把那页纸揣在风衣口袋里，出了家门。他听到她接电话，知道她去开会了，没理她。十几分钟后，他接到了她被火车头撞倒的电话。

他一边把她尿湿的纸巾撤出来，一边说："过些日子给你买个好的轮椅，你慢慢学，会好起来的。"

她仍是不搭话。

他又给她垫进一张干爽的尿不湿，继续说："我妈同意咱们抱养孩子了，要个女孩，长大了，可以照顾你。"他们结婚五年了，仍然没有孩子，检查的结果是她不能生。什么土法都试了，什么药都吃了，肚子仍是没动静。所以，他总是喝闷酒，喝完了就打她，打完了，两人再抱头痛哭。

她其实听到他说什么了，就是不看他，眼睛一直盯在风衣上，那是他们结婚一周年的时候，他为她买的。那时他是真心爱她的，风衣可以作证。男人对女人的爱，最终要用物质来证明。可是第二年，她的肚子还没有动静，生日礼物就没有了，再后来就是拳脚了。出事的那天晚上，在他打了她之后，在她哭过之后，她想明白该怎么做了，并且下了决心，可是单位的一个电话，把她送到曲径交叉的地段上……

她疲倦地闭上眼睛。他给她掖好被子，去了厨房。

又一觉醒来，他说该吃饭了。她的目光去找黑风衣，可是衣架上空空的，风衣不见了。她盯着空衣架看。他给她端来了饭，她仍是不看他，眼睛死死盯在衣架上。这回，她说话了。

她盯着空衣架问："我的风衣呢？"

风衣的口袋里有她没有写完的离婚申请书。

念　想

赵　新

去年秋天的一个下午，周乡长到刘庄村下乡。周乡长非常喜欢太行山区的秋色，办完公事之后，就沿着村边的长满绿草开满黄花的小路往山上走。走到山脚下时，忽一阵秋风，脑门儿就被碰疼了。周乡长抬头一看，原来他走进了一片偌大的枣树林，枣树上密密麻麻结满了大枣。正是仲秋八月，斜阳一照，那枣个个红得玲珑剔透，整个枣林如霞似火，眼前一片壮丽一片鲜活。

碰了周乡长脑门儿的，就是枝头上的大枣。

周乡长知道刘庄的大枣在全县、全省有名，就伸手摘了一颗放进嘴里。因觉得那颗枣又脆又甜，满口生香，吃起来很美妙、很惬意、很享受，就多摘了几把装起来，准备带回城里去。那天是星期六，他自然是要回家的。

周乡长总共摘了两兜枣，一兜给媳妇儿吃，一兜给孩子吃。

周乡长心满意足正要退出枣林时，忽然被一个人喊住了。那是一位六十岁左右的老汉，老汉的手里握着一把明晃晃的镰刀。

老汉喊道，同志，你等等再走。

老汉简直是从天而降，说话之间就站到了周乡长面前。周乡长打个愣怔，随即笑道，大叔，您好。您是在这里……

老汉说，我是在这里看秋的，防止有人偷我的红枣。

周乡长捂了捂自己的两个衣兜，坦然说道，大叔，光天化日，我这算偷吗？

老汉说，你又没和我打招呼，咋不算偷？光天化日，应该罪加一等。

老汉的脸色很严肃，口气也很严肃，两只眼睛钉子一样盯住周乡长，没有一点儿通融的意思。

周乡长后退一步说，老人家，您认识我吗？我常到你们刘庄村来，和你们村主任特别熟。

老汉说，我当然认识你，你不是乡里的周乡长吗？你开会时老在台上给我们讲，不拿群众一针一线，不损害群众一草一木，你偷的不是村主任的枣，你和他熟不熟和我没关系。

既然人家知道他的身份，还多次听过他的讲话（自己确实讲过那样的话），周乡长也就没了奈何。周乡长发现自己很笨很愚蠢，在这种场合你提村主任干什么？拉关系吗？走后门吗？要挟人吗？你不提村主任还好，你一提村主任，你的思想水平就低了。

周乡长说，大叔，对不起，我来赔偿您的损失吧，您看您要多少钱？

老汉说，周乡长，钱不钱的等等再说。我们这里有个乡俗，这树上的枣你吃多少也不犯规矩，但是一个也不能往口袋里装，装了就得挨罚。现在你就吃吧，你如果能把你摘下的两兜枣全部吃完，你就走你的，我一分钱不要；如果你吃不完，剩下多少，我再罚多少。说完，从腰带上拽出一杆秤来，顺手扔到了地上。

周乡长知道了老汉的厉害，他是带着秤看秋护枣的。

周乡长不想挨罚，不是怕掏钱，而是害怕丢面子——哪有村民罚乡长的？说出去，岂不让人笑话？所以，在老汉的监督下，就把兜里的枣全部掏出来，一颗一颗地吃。一开始吃得狼吞虎咽，秋风扫落叶似的，但是吃着吃着犯了疑惑，我这是干啥呢？我这样一吃，不就真的成了偷枣的贼人了吗？我是乡长，我是干部，我拿不出这么一点点钱？而且被自己装进兜里的枣有四五斤之多，一时半会儿能吃得光吗？这岂不让老汉笑话，而且吃光了也是笑话，吃不光也是笑话。

周乡长发现自己真是愚蠢至极，真是笨而又笨。

周乡长把他吃剩的红枣全捧进秤盘里，请老汉过秤，算钱。结果是三斤七两枣，每斤合款五元，共计十八元五角钱。

周乡长说，大叔，您把那个零头抹了吧，我给您十八元。

老汉说，不能抹，我又是浇水，又是施肥，又是除虫，弄点儿收成容易吗？

周乡长还是给了老汉十八元钱，因为他手里没有那五角零钱，老汉手里也没有那五角零钱。

过了秋天到了冬天，过了冬天到了春节。春节前夕，老汉亲自来到乡政府，找到周乡长，递给他十八元五角钱。老汉说，周乡长，眼看就要过年了，我把这钱退给你吧，这还是你那十八元五角钱。周乡长说，大叔，奇怪了，您什么时候拿过我的钱？老汉说，哎呀，光怕你忘掉，你还真给忘掉了。这是秋天时你摘我的枣被我罚过的钱。我看你人不赖，就决定把钱退给你。周乡长说，老人家，你看我哪儿不赖？老汉说，第一，你认错、认罚；第二，你不搞打击报复，不给弄过你难堪的人穿小鞋儿；第三，你心里想着你的老婆孩子——后来我才听说那几斤枣是你为老婆孩子摘的。

　　周乡长笑了。周乡长请老汉抽烟、喝茶，在他屋里多坐一会儿。周乡长说，老人家，不对账呀，那工夫我给了您十八块钱，现在您给了我十八块零五角……老汉说，我知道，我知道。那五角钱是给你留个念想，你好好收着。

　　老汉起身走了，周乡长还没来得及问他的名字。

　　周乡长想，大叔您要留给我怎样的念想呢?

第二枚结婚戒指

王宗仁

　　这是张四望生命的最后时刻，他已经失去了意识，睁不开眼睛，不能说话，只是静静地躺在医院的床上。妻子王文莉守在他身边。他总是习惯摸着妻子手上的那枚结婚戒指入睡，一副甜美的睡态。人已接近昏迷，爱却醒着。妻子一旦离开，哪怕几分钟，他就烦躁起来，嘴里咕哝着谁也听不清的喉音。任凭护士怎么安慰，他依旧烦躁。王文莉来了，赶紧把手伸给四望，他抚摸到了那枚戒指，才安静下来。抚摸！那是他们旷日持久分离后的重逢，或轻或重，都像甜蜜的风从心扉吹过。忽然，他的手停了下来，是在等待爱妻一声由衷的赞美，还是等待一声深情的呼唤？

　　王文莉说，他是放心不下我呀！他不愿意扔下我孤零零一个人到很远的地方去。说着说着，泪水就涌满了眼眶……

　　张四望是青藏兵站部副政委，年轻有为的师职军官。从1980年入伍至今，二十七年了，他一直走在祖国的西部，西宁——格尔木——拉萨；日喀则——那曲——敦煌。冰雪路是冷的，他的心却燃烧着，为保卫西南边防和建设西藏奔走不息。有人计算过，他穿越世界屋脊有五六十次之多，也有人说比这还要多。张四望没留下准确数字。青藏线的军人沿着青藏公路走一趟，平平常常，有什么可张扬的？这话张四望说得轻松，其实他比谁都清楚，在自然环境异常艰苦的青藏高原，指战员们必须吃大苦耐大劳，才能站住脚扎下根。士兵们体力和心力的付出是巨大的。领导关爱战士哪怕只递上一句烫心的话，对大家也是舒心的安慰。他在汽车团当政委时，就讲过这样的话："不要让老实人吃亏，不要让受苦人受罪，不要让流汗人流血。"张四望对兵的感情有多深多重，这三句话能作证。从团政委走上兵站部领导岗位后，他索性在就职演说中讲了这三句话。当时他刚四十岁，是历届领导班子里最年轻的一个。

现在，可恶的癌细胞已经扩散到他的整个脑部。他不久就要离开人世了。他说不出一句可以表达自己心迹的话，只能用这枚无言的戒指来传递对爱妻的感情。结婚快二十年了，他只是没日没夜地忙碌在青藏线上，今日在藏北草原抢险救灾，明日又在喜马拉雅山下运送军粮，何时闲过？开初，王文莉在老家孝敬公公婆婆，养育女儿，后来她随军了，却是随军难随夫，夫妻仍然聚少离多。花前月下的浪漫她确实没有享受过，四望有过多次承诺，只是未曾兑现他就要远去了。记得结婚前，四望给妻子买个戒指都没时间，还是结婚后他利用执勤的机会顺便在拉萨买了一枚补上。他对文莉说，拉萨买来的好，日光城的戒指，有纪念意义！

眼下，他确实有空了，在京城这座军区医院住了快半年，逛北海游长城，可是他已经病得无力兑现对文莉的承诺了！人哪，为什么就活得这么残酷，夫妻间该享受的还没享受，丈夫的人生之路转眼就走到了头！

这时，摸着妻子戒指的张四望，也许在忏悔吧。高原军人也有家，也有妻室儿女，再忙再紧张，也该抽空陪陪妻子、陪陪女儿呀！

在病房里值班的三名护士，亲眼看到了张四望和王文莉相濡以沫的感情，她们悄悄地议论："若能相爱到他们夫妻这份上，天塌下来又能算什么！"她们商量着做了一件事：买来一枚戒指，轮到谁值班谁就戴上。每次王文莉临时有事外出时，她们就把自己戴着戒指的手轻轻地放在张四望手里，张四望摸着那戒指，安安静静的，一脸的幸福。护士们看着张四望那平静的脸，看着他那轻微移动在戒指上的手，忍着心头无法剔除的隐痛，泪珠吧嗒吧嗒滴落在张四望的手上……

再年轻一次

凌鼎年

　　对妻子的死，陶也明并不感到突然，他已欲哭无泪。

　　妻患的是癌，查出时已是晚期了。

　　他木然而坐，不言不语。昔日的那种遇事不慌不乱，指挥若定的气度不知跑哪儿去了，憔悴得仿佛变了一个人。

　　幸好，办公室副主任黄杏红出面张罗妻子的后事，大小事情安排得滴水不漏，真难为了她。

　　这女人工作能力真强。陶也明暗自想道。他没说谢，但他心里深深地感激黄杏红，尽管黄杏红揽手这事是代表组织出面的。

　　妻子死后，陶也明的生活平静了，平静得寡淡寡淡。妻子住院时，他要上医院探望，要托人弄药，要设法弄些适合病人吃的食品，要接待以探望他妻子名义而上门上病房的各种各样的人……现在，至少这摊子事没了。有时平静并不是好事，近来，他感到有一种不太妙的预感，到底是什么，他还未捕捉住。

　　只是过了好几个月后，才通过曲里拐弯的渠道，传到了他的耳朵里。传闻是可怕的——说他忘了年岁，竟然动起了黄杏红的脑筋。当然，也有说是黄杏红在诱惑他的。

黄杏红是老处女，三十好几了。有人说："姓黄的为什么迟迟不结婚，原来谜底在这儿。说不定两人早有私情了……"不知是谁最先传的，反正越传越离谱。

陶也明跌坐在沙发上，他万万没想到会有这种流言。检点平日言行，与黄杏红除了工作上的接触外，并无什么出格的呀。尽管自己对她的印象一直不错。再说，自己五十五岁了，相差了十几岁，怎么可能呢。

真真委屈了黄杏红，她毕竟是个女同志。不知她是否知道那些沸沸扬扬的传说？陶也明心里很不是个味儿，心里觉得一百个愧对黄杏红。

辟谣？不，这太蠢了。人们会说这是耍"此地无银三百两"的把戏。

把黄杏红调离办公室，减少接触机会？更不行！他为自己突然有这种想法而惭愧内疚，黄杏红工作干得好好的，你有什么理由调离她？

黄杏红来找陶也明了。她默默地站在矿长办公桌面前，眼神里似乎有一种哀怨。

陶也明知道她必有重要事找他。他想问，又不敢问，只无言地看着黄杏红。眼前的这位办公室副主任，已过了女人的黄金年龄，不过那种丰满那种成熟那种气质那种风度，又似乎比少女更具魅力。

黄杏红终于掏出了一份东西，郑重地放在了陶也明面前。是一份请调报告。

请调的理由简单而又简单——"我待不下去了！"

为什么待不下去，她没说——这还用说吗？

"我知道你很委屈。我很想帮助你……如果你一定要走……不过，也许你的决定是对的。人言确实可畏啊！"陶也明长长地叹了口气。

突然，黄杏红哭了起来，仿佛一肚子的委屈要倾倒出来。陶也明有点不知所措了。他笨手笨脚地掏了块手帕走过去想劝她不要哭。正在这时，有人推门。当他回转身，推门者已无影无踪了，也不知是谁。

陶也明为此有了块心病。

果然，又一阵风刮遍科室，这回言之凿凿，说是陶也明在办公室调戏黄杏红，黄杏红哭得眼睛都肿了。

矿纪委书记悄悄地找黄杏红了解情况。

黄杏红吃惊，愤怒。郁积在心头的那股怒气猛地冲泻而出："陶矿长死了爱人就不能再恋爱再结婚吗？难道我连谈恋爱嫁人的自由也没有了？就算我们两个谈上了，要结婚了，又有什么不可以的呢……"

"噢，好事好事！我们等着吃糖呢。你消消火。你这一说，事情不就清楚了。"纪委书记马上转了口。

有几个先得到风声的科室闻风而动，凑起了份子，准备在矿长大喜日子送礼呢。

陶也明烦躁得直想摔东西。这是怎么回事呀？

他知道自己不是那种柳下惠坐怀不乱的角色。自从黄杏红被舆论与自己牵扯到一块儿后，她的形象终于闯进了他的心底他的生活。

黄杏红叩开了陶也明家的门。陶也明很吃惊她的到来，把她请进了屋，却不敢关门。

两人相对而坐相对而视。终于，黄杏红红着脸说："我反复想了好久了，我们结婚吧。"

陶也明感到有一股青春的血在脉管里奔涌，但他冷静得很快："我老了，你还年轻……"

"再年轻一次嘛！"

再年轻一次！多大的诱惑啊！

陶也明决定了：再年轻一次！

刹那间，他觉得自己有了使不完的力量，青春仿佛重新回到了他身上。

找 地

胡金洲

那年，父亲查出肺癌。医生把 X 光片抖得脆响，回去吃好点！喝好点！想开点！父亲问，办法能不能再来点？医生一仰脖子，下一位。

父亲白天很挺拔很男人。第二天一大早，母亲发现他的枕巾洇湿了一片。母亲瞪起眼睛，你不是口口声声说死的时候学程咬金吗？你有人家那个样吗？皮影戏里程咬金是在金銮殿上活活笑死的。

我也安慰父亲，说我们单位有个叫李双河的科长，去年体检，医生抖着 X 光片说他患上鼻咽癌。来时活鲜鲜一个人，当场瘫倒在地。后来他上北京复查，医生撂下 X 光片说，你跟那个医生一定前世有冤后世有仇吧？他立马活蹦乱跳回了家。

父亲苦笑，我的病我自己知道。

母亲说，信不信由你，要死要活就在你心里那一下子。翌日，父亲到另一家医院复查。查后，一个人到老家村里找地。

回来，母亲说，要找就找块有门牌号码的，把我也捎上。将来我卧左边，做一个响当当的死鬼。

父亲点名要去九峰山。我和两个妹妹陪行。九峰山在武昌近郊，两年前开辟出来一块公墓区，有门牌号码。中途转三趟公交，颠得屁股都肿了。父亲被我和大妹搀扶下车，直喘粗气。一进山垭，天！黑压压人头一片，摩肩接踵，都朝山里蠕动。山路两旁摆满了花摊，吊兰、水仙、百合、波斯菊，白绫、红绸、黄麻，纸房、纸车、纸马，逶迤着给人流镶上五颜六色两道彩带，前方一片香火阑珊处。

我挤在人流中左顾右盼，发现人们脸上并没有多少悲戚，倒似乎带有几分快乐。孩子们更显得兴奋异常。

父亲一边走，一边自言自语，嗨！来看死人也这样热闹非凡啊。幺妹说，你死以后，我们年年都让你这样热闹非凡。现在我们把你暂时寄存在这儿，将来再把你克隆出来，好不好啊？幺妹从小什么话都敢说，父亲倒也敢听。

那时候，我是你爹，还是你是我爹？

随便！两人掐了起来。

父亲说，这儿什么都好，就是路不好，以后我的地在这儿，你们能来吗？

到家，父亲海吃了一碗米饭。母亲看着看着，高兴得一下子哭了起来……

接下来，我们到汉阳扁担山。扁担山是成熟的公墓区，同活人的城市一样，有社区有街道有门牌号码，来这儿寻人一点不用犯难，物业管理很周全。据说，父亲的初恋就埋在这儿。父亲每年偷偷来看她一次。走来一个个子高挑的管理员，父亲问，同志，这地方晚上清静吗？管理员看看和他一般高的父亲，说，老同志，就我所知，到这地方休息的人没有一个吵得醒的。我说，老人家是问这地方干净不干净。管理员耸耸鼻子，深更半夜倒时不时听见有人哭泣。我的妈呀！

我一下子毛骨悚然起来。

吃晚饭的时候，母亲调侃父亲，多美呀！你们生前不能做恩爱夫妻，死后可以结美满鸳鸯呢！

父亲脸一红说，我看没看她，孩子们可以作证！

幺妹说，中途你说上厕所，谁知道你上哪儿啦！母亲笑得饭都喷出来了。

这时，父亲也来劲了，兴致勃勃地说，我们上外地看看咋样？

母亲瞪起眼睛，你急着卧坟哪！

父亲乖乖地在家歇了半个月。

父亲拿着地图，一个人到河南鸡公山去了。临行，母亲在父亲上衣口袋里塞进一张纸条，上面写着父亲的姓名、年龄、家庭地址和电话号码。

母亲说，说不出话来了，就给别人指指右边这个荷包，听见没有？父亲像个孩子一样，连连点头。

父亲走后，幺妹晚上就同母亲睡在一起。半夜，母亲常常起来坐在床头发怔。

过了一个星期，那天黄昏，母亲正在厨房收拾碗筷，突然说，你爸回来了！我一愣——压根儿没听见门外有响动。我听见他的脚步声了。我逗母亲，您说老爷子这次能选好地吗？母亲说，我看不中。我不信。不信，这一个月就该你洗碗。果然，我洗了一个月的碗。

后来，父亲到山西吕梁山。用母亲的话说，不中。再后来，父亲到四川峨眉山，不中。一晃，五年过去了。父亲仍旧孜孜不倦地给自己找地。

我把父亲的故事写成一块豆腐块登到晚报上。一夜之间，父亲成了闻名遐迩的抗癌老英雄，屁股后面还跟了一群老粉丝。

从黑龙江漠河来的一对老夫妻，点名要见父亲。母亲告诉他们，父亲昨天带癌友去海南找地去了。老夫妻失望但不失态地说，那咱们就等等呗。老夫妻在我家附近一家小旅社住下来，直到父亲从海南红光满面地回来。晚上，三个人在小旅社里聊了几乎一宿。回来，父亲得意扬扬地对母亲说，他们跑了半个中国也是给自己找地的。他们说，今天咱就认定你了，你将来选哪儿，咱就选哪儿。后来，这对老夫妻成了父亲的铁杆癌友兼驴友。

父亲先于母亲去世。遵照他的遗嘱，我们把骨灰撒到家乡的黄孝河。这是母亲同父亲商量的结果。父亲找来找去原是要入土的。母亲改变了主意，我不跟你，我入水，我们各走一方。父亲追问，母亲把我叫过去给她念我写的一首打油诗。我乐了。

原来，那天我随父亲上九峰山找地，看见一些墓碑前既无祭花又无彩带，几层浮土，十分清冷，路上腹写了这首《劝祭》：一年清明未逢雨，亡人思念亲人来。天寒冷峭春色在，莫使旧坟添新苔。于是，母亲借题发挥：人死了，谁都盼想子孙能年年来看看自己，可办不到哇。就是儿女办得到，孙子重孙可能也办不到。将来，他们北上京城，南下广州，有的留洋海外，小家都安在那里，能有时间年年回来给你扫墓吗？与其入土不如入水，我想见谁就流到谁那里见，还会有添新苔这一说吗？

母亲真是一个心宽达人，把自己的后事想得如此玲珑剔透，叫人真服了她了。后来，母亲的话不仅影响了父亲，而且影响着她的子孙。

天上有一只鹰

修祥明

　　春日的天极为幽蓝高远。春天的风像是从一个睡熟的娘儿们嘴里吹出来的，徐徐的，暖暖的。

　　村头的屋山下，坐着一双老汉，一位姓朱，一位姓钟。两人皆年过八旬，在村里的辈分最高，且都满腹经纶，极得村里人的信任和敬重。

　　日头升到半空就有些懒了。时候过得好像慢了半拍。朱老汉和老钟把见面的话叙过后，就像堆在那里的两团肉一样没言没声，只顾没命地抽烟，没命地晒太阳。

　　天上飞来了一只鹰，不知什么时候飞来的，不知从哪里飞来的，只是极高极高。那鹰看上去极为老到。它的双翅笔直伸展开，并不做丝毫的扇动，且能静在半空，动也不动，好像随时能栽下来，却又像生了根，像星星那样牢靠地悬在天上。功夫！

　　朱老汉先看见了那只鹰。他瞅了钟老汉一眼。他为他的发现很得意很骄傲。七老八十了，没想到还能看到那么高处的鹰。七窍连心，眼睛好使，人就还没有老。朱老汉心里欢喜得要死，表现出的却是很沉稳的样子。毕竟是走过来的人了。

"鹰！"

钟老汉正往烟锅里装着烟，玉石烟锅在荷包里没命地搅和着，好像总也装不满似的。

"天上有一只鹰！"

钟老汉将烟锅从荷包里掏出，用大拇指头按着，然后鼓着腮帮点上了火。白白的烟从他的鼻孔喷出——不是喷，好像是流出来的，那么温温柔柔。

"你聋了？"朱老汉火了，用牙咬着烟袋嘴，呵斥老钟。

"你的眼睛！"钟老汉猛地轰出了这么一声。他瞪了瞪朱老汉，却不去看那鹰，好像那鹰他早就看见了——比朱老汉还早。其实他是现在才瞅见天上那飞物的。

"那是鹰？"

朱老汉高擎的脑袋一下子变成个木瓜。他扭头再瞅瞅天上，还是呆。

"不是鹰，是什么？"

钟老汉哼哼鼻子。

"不是鹰，能飞那么高？"

钟老汉撇撇嘴。

"不是鹰，你说是什么？"

钟老汉用手揣着烟杆倒出嘴，甩给朱老汉的话像是用枪药打出来的。

"那是雕！"

这回轮到朱老汉哼老钟的鼻子了，他那气得打抖的嘴唇噘得能拴住驴。

"哼！一树林子鸟，就你叫得花哨。鹰和雕，还不是一回事！"

"一回事，娘一窝生了俩，长得模样不相上下，男人娶了姐姐，妹妹来睡，行？"钟老汉的头扭到肩膀上。

朱老汉浑身抖动，嘴唇哆嗦，气也喘得粗了。

老钟便把语气压低了道："雕的声粗，鹰的嗓门细。雕是叫，鹰是唱。雕叼小鸡，鹰拿兔子。雕大鹰小……"

"小雕比大鹰还大吗？"朱老汉的气话又高又快，像叫气推出的暖瓶塞，唾沫星子喷到了老钟的脸上。

钟老汉像一个爆竹般蹿起来，把他通红的烟锅朝鞋底上磕磕，然后把烟杆插进腰带里别着，伸着气紫的脖子一步步向朱老汉逼近。

"老东西，谁还和你犟嘴了？"

"老不要脸，谁叫你恁犟！"

"你看看，是雕，还是鹰？"

"你望望，是鹰，还是雕？"

"是雕！"

"是鹰！"

"雕我认得公母！"

"鹰扒了皮，我认得骨头！"

"输了，你是雕？"

"输了，你是鹰？"

"是雕是雕是雕是雕……"

"是鹰是鹰是鹰是鹰……"

两人争得不可开交，面红耳赤，差不多要动手动脚了。

这时，天上的鹰落下来，正好落在他们的脚前——是一只鹰形的风筝。

立时，两位老汉像叫菜叶子卡住了的鸭子，只能抻着长脖子翻眼珠，嘴干张着咧不出声，又像两截老朽木。

捡风筝的孩子从远处飞来了。

"呸！"

"呸！"

两人各吐了口唾沫离去了，那样子，像断了线的风筝一样，摇摇晃晃。

阴影与阳光

徐慧芬

十四岁的中学生小蒙觉得自己这几天倒霉透了。

前天，因为出黑板报的缘故，他是最后一个离校的学生。黑板报出到一半，突然他想看看高年级的黑板报出得怎么样，取取经。但是人家教室的门已经锁上了。于是，他从自己教室里搬来了一张凳子。人站在凳子上，高了。这样他就可以通过墙上的气窗，看到了人家教室的黑板报。

正在他脸贴玻璃、专心张望的时候，值班老师走了过来，有点狐疑地问了他一番后，就要赶他快回家。

巧的是，这天夜里，这一层的办公室遭窃。所有老师的抽屉都被翻动，连零星小钱也都被搜走。

这样，作为最后一个离校、又有点古怪行动的学生，就有理由被唤到教务处谈话。虽然班主任和熟悉他的任课老师全部担保他是个品学兼优的学生，但是从教务处出来的小蒙仍忍不住回家掉了眼泪，因为班上竟有不明真相的同学，用一种陌生的眼光打量他，包括和他挺好的同学。

今天的事更是倒霉了。现在他向妈妈哭诉今天的遭遇。

放学回家途经一个专卖复习参考资料的书屋，买了两本书后，刚准备跨上自行车时，迎面一辆卡车上突然滚下来一只大纸箱，纸箱破了，里面的儿童玩具散落一地。待车上司机发现，将车停下来时，周围已有人趁机捡了便宜溜走了。他看司机挺急，就帮着司机把玩具一一捡回，装进箱子里。好事做完后，他的自行车却不见了！那是才买了不久的新车啊！

"好心没好报！小偷太坏了！呜呜呜……"小蒙边说边哭，眼泪越流越多。

"哭什么？哭了，车子能回来吗？傻瓜！以后一定要接受教训。俗话说，各人自扫门前雪，莫管他人瓦上霜，是有一定道理的。妈妈不是要你做个自私的人，问题是现在风气坏，人心不古，所以要学会保护自己，不要多管闲事，免得招惹是非……"小蒙的妈妈唠唠叨叨，边劝边教训儿子。

"你在培养儿子朝自私发展吗？"小蒙的爸爸从外面踏进门，听到了妻子的话，打趣道。

"你倒还有精神说笑话，你儿子前天为班级做事，被人疑心当贼，今天做好事，被贼偷了车！"小蒙的妈妈把儿子今天的遭遇愤然说给丈夫听，一旁的小蒙哭得更厉害了。

"噢，是这样，儿子，你的运气确实太坏了！爸爸今天的运气倒有点好。刚才，碰上了一个大好人。你知道的，我是去那家摄影社取照片。取完照片，回来路上觉得今天天挺热的，正好有个人用自行车推着两袋西瓜在卖。我挑了一个，过了秤，正好十元钱。我付了钱，骑上车走了。"

"骑了大约二十米，忽听背后有人在叫。我回头一看，那个卖西瓜的骑着沉重的车子朝我追来，一边招手，一边叫我停。我停了车，才知道，原来我是错将百元大钞当成十元票给了他，他是来追还我九十元钱的！"

　　"儿子，你想想看，他完全可以不管这件事，要还，等我找上来，也不迟；他也完全可以赖掉，因为我没有凭证；他还可以发现此事后马上溜走，那就不会引起任何纠葛。现在他却冒着烈日，踩着笨重的车子一路追来，为什么要这么做呢？是他的良心！是他做人的道德！你看这世上，谁说没有好人！要不，今天这个瓜就太贵了！"

　　父亲拍了拍刚买来的西瓜，又拍了拍儿子的头，边叙边议。儿子停止抽泣，听得很专注。

　　不错，小蒙的爸爸是取了照片，在回来路上买了西瓜。但是，关于十元与一百元的故事，是他的虚构。作家与父亲的双重责任，让他编了个美丽的故事。他深深懂得，此刻，这个十四岁的少年的心里，太需要阳光。

县　长

刘清才

县长的车子在龙王干沟边停下来，一道宽宽的土坝，把这条著名的泄洪排涝干沟，拦腰截为两段。县长走上土坝，用脚踏一下，坚硬得像混凝土。

乡长从后边气喘吁吁地跑上来，用手指点着土坝，汇报说，下面埋有两孔水泥管道，不影响排水泄洪。

县长仔细看着，沟里积蓄着一些污水，水面平静，纹丝不动，水泥管被淹在水下，一点儿也看不见；青青的芦苇从水边钻出来。他拾起一块儿坷垃，投入水中，泛起一个水花，很快又恢复了平静。疏通过没有？他问。

疏通过，疏通过。乡长连忙回答，我曾亲自安排这个村的村主任进行疏通。

村主任来了，他小心地看一眼乡长，又满面笑容地看着县长，说，这个工程是我亲自带人干的，本应修一座桥，可村里没钱哪！村主任口齿灵便，说话开口就来。

我问你疏通没有！县长直视着村主任的脸，说。

村主任毫不犹豫地回答，疏通过，疏通过。说完，又看看乡长。乡长说，老王是一个负责的干部，他办事尽可放心。

噢？县长下了土坝，踩着沟坡上的杂草，走下沟里，在水边停下。他瞅了一眼乡长，又瞅他一眼，说，乡长大人，你愿意亲自下水摸一下吗？

没等乡长开口，村主任便着急地叫起来，不行不行，这水下不得，水里有蚂蟥，愣往肉里钻，还有水长虫，怪吓人的……

县长笑了，说，老王，你这是吓唬乡长，还是吓唬我？

乡长看一眼县长，县长丝毫没有改变主意的表示，他只好乖乖地下水了。水长虫倒没看见，蚂蟥却真的有，正往右腿肚子里钻，他用手抹了一下，右腿肚子又痛起来。传说，蚂蟥这东西厉害得很，如果它钻进肉里，就会一直往里钻，直到钻进心脏。乡长哆嗦了一下。

乡长从沟里爬出来，小心地摘着粘在腿上的蚂蟥。

怎么样？县长帮他揪下一个来。乡长犹豫了一下，看看村主任，又看着县长，咬着牙答道，确实已经疏通。

然而，县长要亲自下水了。从他观察到的情况看，他总有些怀疑。县长这一举动，实在出乎乡长和村主任的意料。乡长慌了，村主任急了，一边一个拉着县长，苦苦劝阻，不让县长下水。村主任说，水里有蚂蟥。乡长说，你有关节炎啊！但是，这怎么能阻止得了县长呢？他下水了，一直向深处趟过去，水没到他的腰部，没到他的胸口。在他身后，水波呈V字形渐渐扩展。要命的倒不是蚂蟥，而是关节炎，腿钻心般痛起来，他简直迈不动腿了。他拼出全身力气，摸到了两个水泥管，然而，却被淤泥堵得死死的。他愤怒了，忍不住就要骂人了。

县长是怎样从沟里爬出来的，连他自己也不觉得了。奇怪的是，他的腿一点儿也不痛了！

他不动声色地向村主任说，请你把刚才说的话再重复一遍，好吗？

　　村主任面红耳赤，舌头僵在嘴里，一点儿也不灵便了。

　　乡长大人，你也说说你刚才说过的话。县长又面对乡长，乡长满脸冒汗。县长紧追不放，问道，我的乡长大人，我弄不明白，当你亲自下水，明白了真情以后，为什么还继续瞎说，欺骗我？

　　乡长擦擦脸，嗫嚅着说，我以为，以为……

　　县长冷冷地一笑，替乡长说下去，你以为我这次检查不过是例行公事，你和村主任说什么，我就会信什么，对不对？县长提高了嗓门儿，我不是昏官、糊涂蛋！

　　乡长和村主任霜打了似的，蔫头耷脑，一句话也说不出来。

山乡的五月

金　光

天刚蒙蒙亮，根西就听见父亲起了床，他翻了一个身又睡着了。这一觉他睡得好香，醒来已经是上午10点了，他洗了把脸，就坐在屋檐下看书。妈从灶房出来时说，根西，去窑场地叫你大回来吃饭。根西放下手中的书，朝窑场地走去。

五月的山乡，到处都是金灿灿的颜色，田里熟透了的小麦散发出醉人的芳香。根西走在田埂上，看到了他童年的影子。十八岁那年，在父亲的奔忙中他从这里走出去，上了市技校，毕业后就到市一家化工厂当了一名化验员。根西走着走着，禁不住随手掐了一穗麦穗儿在手里揉搓起来，然后展开手掌，用嘴一吹，留下一把嫩嫩的青麦，嘴一张嚼将起来。

父亲正弯着腰在那里割麦，他的身后，已倒下去大片的麦子，裸露的地面上摆着整齐的麦铺。父亲手上的镰刀飞舞着，弄得周围一片呼呼啦啦的声响。

"大，回家吃饭。"根西喊了一声。

父亲根本没有听见，仍然在飞舞着镰刀割麦子，白色的汗衫已变得昏黄且湿漉漉地贴在了他的脊背上。

"大，回去吃饭哩。"根西又叫了一声，嗓门比刚才高了些。

"啊，喔，饭熟了？"父亲终于醒悟过来，缓缓地站起身，用肩膀上的手巾擦了一把脸上的汗水。

根西上前接下镰刀，父亲用极快的速度将两铺麦合在一起，扎了一捆，就要往肩上扛。根西说："我来扛吧。"

父亲说："还是让我扛，小心弄脏了衣服。"说完，扛起麦捆就走。根西用手拈下沾在衣服上的一根麦芒，拿着镰刀跟在父亲的后面。

饭桌上，根西对父亲说："大，我看不如把咱那几亩地让给别人种去。"

"为啥？"父亲有点吃惊。

根西讷讷地说："不为啥，种田不划算，一年忙到头，一亩地就说打七百斤麦子，六毛钱一斤才四百二十块，抵不上在外干一个月的收入。"

父亲没有说话。

根西又说："你把地包出去，我到我们厂里给你找个临时活，一月能开五百多块，行不？"

父亲这才说："娃，大是庄稼汉，一辈子跟土坷垃打交道，习惯了，没觉得受罪。我跟你妈在一起挺好。想家了，你就回来看看我们。"

根西在家停了一周，父亲不让他沾庄稼的边儿，他是眼看着父亲割了麦再脱粒，然后扬场、晒麦，一点点将麦子弄回家的。临走时，他无可奈何地摇了摇头。

世上的事就这么不如意。两年后，根西所在的那家化工厂出现了意想不到的困境：化工原料价格猛涨，化工产品却销不出去，全厂一千多名职工几个月发不下工资。厂里实在抵挡不住了，便痛下了改革的决心，决定减员增效，第一批减员百分之二十，根西首当其冲。

下岗了，根西好几天不吃不喝，躺在床上，他毕竟已跳出农门了哇，现在怎么办？想来想去，想不出个好法子来，根西只好爬起来狠狠地抽烟，但烟抽了一支又一支，还是没有好法子，根西就回到了家。父子俩静静地对坐着，良久，父亲终于开口了："娃，土地是人的根啊，不行咱回来，只要有地，就饿不死！"

根西掐灭了手中的烟，无奈地点了点头。

根西上地了，起初，那双稚嫩的手打出了许多血泡，他咬牙挺了过来。一年时间，他重新跟着父亲学会了种麦子，种玉米，种大豆，种各种蔬菜。根西成了种庄稼的好把式。

第二年，根西和父亲商量，说要种地，就要种出名堂来，小打小闹不行。父亲赞许地点了点头。根西就承包了村里的八十亩红土坡地。他雇了两个帮手在上面栽上烟苗，一天到晚忙碌起来。秋后，除了交清承包费、付清雇工的工资外，净挣两万元。根西成了当地有名的种田大户，当上了县里的劳动模范。

又是五月，山乡的小麦一片金黄，根西家的窑场地里，一条大汉正挥舞着镰刀在割麦，身后的空地上，码放着一排排整齐的麦铺。上午10点多，根西父亲来到地头，喊："娃，回去吃饭。"

根西仍然弯着腰在那里割麦，他根本没听见父亲在叫他。

"啊，喔，饭熟了？"根西这才醒悟过来，缓缓地站起身，用肩膀上的手巾擦了一把脸上的汗水。

父亲上前接下镰刀，用极快的速度将两铺麦合在一起，扎了一捆，就要往肩上扛。根西抢过说："我来拿。"然后手一提，将麦捆放在了肩膀上。

五月的田埂上，走着一老一少两个庄稼汉。

一　碗　泉

王培静

我当兵的这地方，离罗布泊只有五公里。

这里一年只刮一场风，一场风从春刮到冬。头些年离营房不远有几棵胡杨柳，这几年大旱少雨，慢慢都死掉了。沙漠上最可敬的生命是骆驼草，它的生命力极其顽强，在和恶劣自然环境的较量中它永不言败，悲壮地坚守着自己的阵地。

有时候，站一班岗下来时，脚下的沙能埋到人的膝盖，帽子上也能抖下一捧沙。沙粒打在脸上生疼生疼的，只要出了屋门，就是一嘴沙。刚来到时，我的情绪特别低落，跑到离开营区几里远的沙漠里，望着家乡所在的东方，高声呼喊："爹，娘，我想你们，这儿不是个人待的地方，儿子还能不能活着见到你们都很难说了。"但在连队里谁也不太敢显露出来，怕影响自己的进步。

我们三班长看出了我的心思，找我谈话时，向我讲述了这样一个故事：原先，有一个南方新兵，是个城市兵，来这儿后，看到满目荒凉的景象，看到一望无际的戈壁滩和沙漠，他接受不了"白天兵看兵，晚上数星星；吃水贵如油；风吹石头跑，太阳如灯照"的这个现实，他做梦都在呼吸着家乡湿润的空气，他曾天真地制订了这样一个计划：趁晚上出去上厕所之机，跑出这儿，找个有火车的地方，坐车回老家去。好不容易等到了一个好天气，这天晚上，如他设想的一样，没风，天上有月亮。等战友们都睡熟后，他悄悄起来装作上厕所的样子，出门后观察了一下四周，跳出围墙，消失在了夜幕中。结果他在沙漠里迷失了方向。等四天后战友们找到他时，他已脱了水，还剩最后一口气。战友们给他喝了水，把他抬回了部队，他捡回了一条命。

班长还说，那个南方兵被救后，曾无数次地对战友们叙说，在我倒下后的意识里，身边有眼碗口大的清泉，那水清澈见底，可我怎么也爬不到它的边上去。有一刻我睁开了眼睛，努力聚起了一点力气，想站起来，但试了几次都没有成功。到处都是荒无人烟的沙漠，哪有什么清泉。

后来我知道了，班长讲的那个南方兵就是我们现在的营长，他在这儿已经待了十六年。我们营长有句名言：这儿的土地再贫瘠，环境再艰苦，也是我们祖国的土地，也需要有人来守卫。男子汉可以流血流汗，但决不流泪。

后来我还知道了，我们这儿原本是没有地名的，"一碗泉"这个诗意的名字是我们营长的杰作。

一匹马的微笑

珠　晶

　　一匹马怎么会微笑，一个畜生怎么会有和人类共同的表情？

　　这匹马带着一个流浪的跛脚男人，一路踉跄走进人们的视线，畜生引起的人们的情感冲击超过了人们对人类弱势群体的在意。当时，酷暑难耐，刚好下了场雨，空气里弥散着阵阵温热。湿漉漉的马儿拉着两轮车一路颠簸走来。车上坐一个跛脚的侏儒，后面是堆破烂不堪的行李，滴滴答答流着雨水。男人用很脏的碗吃着什么，好像还很惬意。可是有人看到了马的孤独。是的，说起来是匹马，可它瘦得像被风干的一匹马的标本。溃烂的脊背还花花搭搭地涂满医用紫药水。而男人放下脏碗，拿起马鞭在喧嚣的闹市、在马的脊背上显摆地甩了个潇洒的响鞭。马儿似乎缩成一团，止步。它顾不上疼痛，迫不及待地啃起落在地上的一个烂桃，两眼空洞地在地上寻觅着什么。对面商店出来一个美女送瓶矿泉水，流浪男人眼里好像闪射出一束光亮，打开瓶口，痛快喝上几大口，剩下的却倒在手上洗起脸来。有人说马儿口唇干裂，可惜男人洒了清水，怒喝，你是从哪里弄到这匹马驹的？它的伤又是怎么回事？跛脚男人不乐意了，太监一样尖叫，不偷不抢，一千四百元买的。有几个善良的女人，瞅着马儿，很想用手抚一抚马儿的脊背，可是马儿实在太脏了，腐烂的伤口引来飞舞的苍蝇，纷纷落在马背上。

这个城市只是他们的驿站吧，马儿要带男人流浪到哪里，人们无从得知。

其实，马儿和男人在这个城市仅逗留了一天。110 报警记录显示，当天报案马儿受虐的电话频频响起。现在马儿就被我们的警察、城管监察和关心它的人们，圈在一个青青草坪上。可以清楚看见，草儿被它啃噬得秃秃斑斑，它实在太需要粮草了。有一个血气方刚的男子牵着马儿的笼头在讲演，他说，畜生就没有思想了吗？你知道它有多伤心？昨天高温，小马驹实在走不动了，流浪男人狠心抽打它，你们看，颅骨都打折了！马驹最终倒下。说什么我都要买下这个小马驹。我说，你要多少钱？流浪男人不甘心地拨了拨马的眼睛，确信可以和我成交。小马驹挣扎着站起来要和我走，流浪男人又不干了，尖叫着说马驹是他的依靠，不能送人。马驹就再次倒下，直到民政部门领走流浪男人，它才惊恐又虚弱地站起来。有人关心地问，你买了它送马戏团吗？牵笼头男子说，我带它回家，我有别墅花园。我像对待自己的孩子一样爱惜它。炎炎夏日，有人撑伞给马儿遮阳；有人将馒头弄碎用盆子送到马儿口边；有人买来云南白药撒在马背上；兽医拿来点滴吊在树上给马儿输液……有人惊叫，快看，马儿流泪了！是真的，马儿就在温暖的人群里一滴一滴地淌着眼泪。一时间，大家纷纷解囊送给牵笼头的人，说是一点心意。牵笼头的男子感慨不已，他说要在这棵树上做个标记，日后大家随时可以来这个地方看看马儿的成长。

这个夏天我们在街头经历一匹马和一个残疾人在内心引起

的一些涌动，可能瞬间就被繁杂湮没。可是这匹小马驹最终弹起四肢，矫健地从人们视线里消失的时候，我们再也忘不掉它回眸那些关心它的人们，目光里流露出深切的依恋，充满人类想象不到的畜生意味的深情微笑。

风吹乡间路

相裕亭

六叔找到学校的那天下午，风可大啦！好多教室的门窗都关得严严的。六叔紧裹着那件穿了不知多少年的灰棉袄，一连推开了好几个教室的门，才找到他家的小顺子。

那时，小顺子正趴在课桌上，愁眉苦脸地解一道毫无头绪的几何题，没看到在门口左右张望的父亲。但，班上好多同学都看到了，都不知道他是小顺子的父亲，都认为他是乡下来收废纸、捡破烂的。后来，有人看他老盯着这边张望，便戳了小顺子一下，提醒他："门口是谁？"

小顺子这才知道是父亲来了。

当下，小顺子的脸腾地红了！他觉得父亲穿得太破了。事实上，父亲在家时天天都是这样的。现在，怎么突然觉得父亲穿得太破了呢？小顺子没去深想。他一声没吭地走出教室。走出教室，也没对父亲说话。他想领父亲往一边走走。父亲却不想跟他走。父亲说："驴还在校门口……"

这时刻，小顺子才知道，父亲是来钉驴掌的。冬天了，山路硬，是该给驴钉新掌了。小顺子说："你和谁来的？"

六叔说："钉副驴掌还要几个，就我一个人。"

小顺子说："驴呢？"

六叔说："拴在校门外的杨树上。"

六叔说拴在校门外杨树上的时候，就想跟儿子一起往校门外走，以便看着拴在树上的驴。小顺子知道父亲的心思，迎着尖尖的西北风，紧抄着手，一声不吭地跟着父亲往校门口走……

这期间，父亲问了他，这个星期带的煎饼还剩几个，咸菜够不够，还问他学校的开水让不让喝足……小顺子都说还行。六叔不满意儿子说的还行。但他又不想深问，他知道儿子内向……他把儿子领到校门外的背静处，抖抖索索地从怀里掏出两块还带着他体温的烤牌（面饼），递给儿子，说："还热，你先吃一块，那一块带回去晚上吃。"

小顺子没有马上接。小顺子说："哪来的？你吃了没有？"

六叔脸儿板板的，说："你吃你的！"

小顺子看样子真有些饿，接过烤牌，二话没说，一口咬去大半个角，随即，腮帮上便鼓出一个圆圆的包……

这时候，六叔让他蹲下吃，细细地嚼，不要吃得太快了，噎着……

回头，也就是小顺子吃完一块烤牌，还拿着一块烤牌的时候，六叔拍了拍他背上的土，叮嘱他："回去先喝点开水！"而后解下树上的驴，回头看儿子一眼，又看一眼，走了……

小顺子没走。他站在校门口呆呆地望着远去的父亲。他不知道父亲早晨出来到现在还是空着肚子。他只看到父亲上路的那一刻，有一股小旋风，卷起乡间土道上的尘土，浓烟似的滚来。父亲胳膊挡下眼睛，那股"浓烟"就过去了。

后来，又有旋风刮来……

再后来，小顺子看不见了。父亲走远了……

老八样

薛　舒

　　不知道从什么时候开始，她厌倦了在家里过除夕。这是一年中最繁忙、最嘈杂的一天，她总是借故赶稿子而躲避厨房。她身上穿着父亲的大棉袄，脚上拖着母亲的老棉鞋，像一只慵懒的家猫一样身陷沙发的怀抱。她的面前，小小的折叠桌上立着超薄笔记本电脑，屏幕上开着一页空白的文档，上面还没有留下只言片语。

　　空调嗡嗡驱赶着寒冷，玻璃窗阻隔了正逐渐入侵的暮色，遥远的爆竹声渐次密集起来，"椰岛鹿龟酒"金红闪光的广告在央视春晚开始前试图夺人眼目。人们给喧闹留点儿时间，是对零点以后新年的到来表示更为热烈的欢迎。一切都在拥挤着来临，旧年只剩下最后一日。"旧"，"一"和"日"的左右结构，将成为一段打上句号的往昔。

　　妈妈往花瓶里插了一束银柳，然后抓起一块抹布，擦着早已亮闪闪的电视柜，唠叨着，要在零点之前扔掉垃圾，在零点之前冲好抽水马桶，在零点之前洗完脏衣服……大年初一，不可以做一切与"扫除"有关的事。

　　父亲正在准备年夜饭，不时从厨房进入客厅，又从客厅进入厨房。进出间，熏鱼和酱鸭的香味飘逸而出，油锅正吱吱啦啦哼唱。老八样，还是老八样，他三十年如一日地为除夕的餐桌奉上最古老的八道菜。她给他买过一本《时尚家庭菜谱》，他只粗略地翻了一遍彩页，并且对华而不实的菜式表示了他嗤之以鼻的不屑。他排斥"时尚"或者"流行"这样的字眼。他认为，那是"浮躁"和"骗术"的代名词。他并未意识到他的过时，一如既往地操作着古老的年夜饭，并且永远保持着三十年前的热情。他看着自己做出来的一大碗一大碗的菜肴，脸上流溢出满足的表情。他好像从不知道，她早就吃腻了老八样。整个春节期间，他把那八道菜端出端进，从除夕一直端到正月十五。

这是她记忆中千篇一律的春节，她过够了。于是，今年她准备出逃，自然是有人领着她逃。她只给家里打了一个电话，然后，有一双大手牵着她的小手，长了翅膀一样，远走高飞了。去海南的机票竟不打折，原来那么多人和她一样，厌烦了在家里过年。满员的经济舱里空气混浊，却混浊得让她心安理得。

深冬的海南没有一丝深冬的气象，绿意葱茏的热带植物染绿了她的眼睛；碧蓝的大海边，暖风飞扬起她单薄的衣衫，赤裸的脚趾里灌满了温暖的细沙……没有人忙于过年，没有人惦记着插银柳、大扫除、做年夜饭、放鞭炮；没有人记得，这是一个特殊的日子，这个日子叫除夕。直到午夜，手机忽然发出一记布谷鸟的呼唤，是短信。白天的疯玩让她疲惫不堪，她打开昏昏欲睡的眼皮看短信：阿囡，新年到啦，爸爸妈妈祝你快乐，进步！

新年到了吗？她以为她在梦中，梦中的新年如何是一盏昏暗寂寞的床头灯？怎么是一床除了白色还是白色的被褥枕头？

怎么是一间没有飘逸出熏鱼酱鸭香味的标准房？她终于清醒地意识到，她逃离到了一个不需要过除夕的地方，可新年还是马不停蹄地来临了。

她推了推熟睡的人，新年好！

熟睡的人发出梦中的呢喃，好！继续熟睡。

她发了一会儿呆，然后，感觉有点饿，她听到胃壁在暗暗地较劲，发出微弱的研磨声，身体内的生物钟醒了。她终于惦念起了某些食物，那些应该出现在除夕餐桌上的三十年不变的食物。她便问熟睡的人，现在，你最想吃什么？

熟睡的人没有回答她，她便自问自答，第一想吃八宝饭，第二想吃白斩鸡，第三油爆虾，第四咸肉炖笋干，第五熏鱼，第六酱鸭，第七扣三丝……她掰着手指头数了一遍，才七个，还有一个，对了，还有一个，肉圆蛋饺三鲜锅。

她简直胃口大开，她几乎要吃成一个大胖子了，她第一次用想象和回忆，品尝出了老八样的美味。美味的老八样，让她忽然有些想念她厌倦了的家。

她忍不住又推了推依然熟睡的他，明天，我们还是回上海吧，我想吃我爸做的老八样。

葵花的眼睛

王彦艳

　　我和葵花是游走在这个城市梧桐树下的同类，其情形如水族馆中的鱼和游客，亲近又隔绝。

　　那天下午，葵花憋足嗓子在楼下喊我。我探出头，她猴跳一样招手让我下去。我下了楼，她正把脚蹬在一辆自行车后座上，拿了块抹布擦鞋。她劈头问我："我气色怎么样？是不是容光焕发？"同时她还后退几步，又郑重地站定，很紧张的样子。这么夸张！细看她那张用烟酒滋养出的脸上确实有几分难见的红润。得到肯定回答后，她又问她衣服上是否有灰？并强调说她是打扫了一下午的卫生才弄得自己灰头土脸的。我想起她床头柜上那半碗吃剩的鸡蛋羹里长出的绿毛和她按下的烟蒂。

　　葵花开始切入正题，却是半遮半掩："我遭遇了一件荒诞的事，我要去见一个人。""人"的发音用的是去声，引发人无限好奇。

　　坐上车，葵花以近乎软弱的口气问："你带镜子了吗？"我赶紧把镜盒给她。正想着我这是第一次见她照镜子，她已啪的一声合上了镜盖："嗯！很好！我很有智慧。"葵花不漂亮，照镜子能照出智慧来，在她是正常的。"我的网友专门从西安赶来看我了。你见了她，可要赞美我，比如我的智慧，朋友们对我的宠爱，我独立的思想……总之，要维护我的形象！"我终于忍不住开始哈哈大笑。

我想起，葵花曾遭遇爱情一样兴奋地说过："上网聊天真好呀，快乐而真实。"我是电脑盲，只能雾里看花地想象上网的魅力，我们磕磕绊绊地长大了，心中留下了许多遗憾。而我们还没有足够的成熟咀嚼出岁月和经历的味道，我们还散漫地希望有些经历可以重新来过，有些欲望可以坦率表达。而虚拟的网络世界满足了人们内心深处这一隐秘的需求。葵花是这样吗？

游戏开始了。

那个自称穿红上衣的西安女孩久久没有出现，我所锁定的目标也都因气质不佳，形象不好被她一一否定。葵花压低声音，急急地说："她肯定是穿黑衣服。她真贼呀，她一定是要先看到我，或许她已经看到我了，哎呀！怎么办呀？"终于，我们在一个电话亭边认出了她的网友——苏丽珍。她的确穿着黑西装，还系着小丝巾。一刹那，葵花的神气和兴奋落潮般黯淡下去，从孔雀变成了家鸡。她说："我不想认了，咱走吧。"

葵花虽然不喜欢系小丝巾的女人，却无法漠视苏丽珍从西安赶来这一事实。在欧斯特酒吧，我按葵花教我的把对她的赞美之词讲了一遍。她俩自始至终含蓄地矜持着。葵花对苏丽珍说她是害羞的，苏丽珍说她是内向的。苏丽珍内不内向我不知道，只是我从没察觉到葵花"很害羞"。或许她们彼此能体会到——在她们那个虚拟的世界里。

离开酒吧的时候，苏丽珍和葵花已有了惺惺相惜的亲密。当夜，苏丽珍住在了葵花租住的房子里。此后，葵花同这个城市里的所有朋友似乎都隔离了。我们俩也开始疏远，没什么具体原因，就是一点一点地疏远，像在春天里融化的冰块，想刻意地弥补都不可能。

苏丽珍在我们这个城市待了十七天。这十七天里，葵花辞了杂志社的工作，退了租住的房子，把电脑弄到车站办了托运，背着一个旅行包随苏丽珍去了西安。这些是我从她杂志社的同事那里知道的。

葵花离开这个城市已经有两年了。我始终没有她的任何消息。我说过，葵花和我是水族馆中的鱼和游客。我们给对方以快乐和温暖，却从不触及对方生活的真实。所以，我始终不明白是什么给了葵花那么踏实的感觉，让她放弃一座熟悉的城市而奔向陌生。

偶尔，在某个烟酒味很浓的地方想起她时都觉得不真实——真的遇到过吗，真的在一起恣意地快乐过吗？而每当这一刻来临，我都明确地知道，我在深刻地想念着她。这或许就是网络时代流浪着的年轻人的交往吧：唯美的、脆弱的，隐现着随风而逝的伤感。

葵花的网名叫葵花的眼睛，她说过，葵花的眼睛里只有希望和光明。你在网上遇到过她吗？

突然袭击

傅昌尧

城里人喜欢当老板。

老板是个女的，开了家音乐茶坊，要找个打杂和看门的。女老板来到民工市场，转悠了三天，才看中一个乡下少年，他叫木伢。

女老板说："木伢你听着，白天你在茶坊的后屋干杂活儿，随叫随到，叫干啥就干啥，不许偷懒。"

木伢不敢看女老板的脸，低头应道："晓得。"

女老板说："你长得又凶又丑又土，可不许随便进前厅，免得让客人见了吓着，影响我的生意。"

木伢点头："晓得。"

女老板又说："晚上，客人走了，你就睡在前厅看门，关好门，不准出去，不准把你的老乡招来串门，发现一次，扣你半年工资。"

女老板说完了，木伢还低着头。女老板说："干活儿去吧！"

木伢抬头偷偷看了老板一眼，脚步犹豫了一下。女老板像是忽然想起来了，说："对了，工资每月三百元，干一天算一天。"

木伢心里一热。他们全家在山里苦一年也挣不到三百元。

木伢心里快活极了，怎么拼命干活儿也不觉得累。老板心里也高兴，当月多发了木伢十元钱。木伢说，你数错了。老板一笑，没错，奖金你懂不懂？木伢还是不懂，说好了，怎么多给十元？木伢往家里寄钱时，留下了十元，他怕老板啥时不高兴了，要回去，到时拿什么还她？

老板以前吃过乡下人的亏，当然也时时提防着木伢，因为乡下人开始都挺老实，时间一长，就跟着城里人学坏了。

几个月后的一天夜里，老板打烊关门后，故意走了一段路，又悄悄潜回茶坊，因为她发现木伢当天有些异常，像是有什么心事。老板要伏击木伢。

果然，老板老远就发现茶坊里的灯重新亮了，心里一惊，这么晚了，他不睡觉干啥？待靠近茶坊门口，听到了里面的音乐声。老板心里的火腾地蹿上脑门儿，正要踢门进去，忽听里面木伢在说话。老板将耳朵贴了上去。

木伢的声音："爹，娘，今天有人在我们这里过生日，可热闹了。我忽然记得，我也是今天生的。可这么多年，我从来就没见你们给我过生日。都是人，为啥城里人能过，我们就不能过？不都是从娘肚子里生出来的吗？开不起生日晚会，在天井里煮一锅汤面，把同村的伙伴们叫来一块儿吃，好喜庆啊！我来城里快半年了，可还不知道城里是啥样。老板走了，我就把同村的伙伴都叫来，帮咱过生日……"

老板听到里面搬动沙发的声音，木伢说："大头你坐这儿，水根你坐这儿，兰花、小米、水芹几个女的坐这边，高二秃远点，他一会儿就要捣乱……"老板在门外气得直咬牙："这个木伢！就差没把他们村子也搬到茶坊来了。"木伢又说："你们会跳舞吗？不会？咳，怎么进城半年了，还不会跳舞？我早会了，兰花，我教你。不会跳的，就边喝饮料边看着我跳。这叫罐装啤酒，外国的。石头，你怎么连易拉罐都不会开？来，我教你，拽这个小圈圈，你瞧，'砰！'喝吧，喝吧，敞开肚皮装！"

老板心疼得浑身肉跳，她再也忍不下去了，掏出钥匙一拧，卷闸门愤怒地蹦起老高。"木伢，你现在就滚！"女老板还没进屋就吼道，"滚！"可她进屋后定睛一看，愣住了，朦胧的灯光下，当间儿就站着孤零零的木伢，四周围了一圈沙发，每个沙发上都放着客人扔下的空饮料罐。

木伢被老板的突然袭击吓傻了，半天才"扑通"一声跪下："老板，我……晓得错了……饶了我这一回吧！"

女老板突然喉咙发硬，鼻子一酸，哽咽道："木伢，我是……来给你过生日的……"

隔壁的父亲

周海亮

给父亲开门时，我正接着电话。电话是朋友打来的，约我中午小酌。我从父亲手里接过一个很大的纸箱，耳朵旁还夹着手机叽里呱啦地回着话。

父亲寻一双最旧的拖鞋换上。问我，要出去？

我说，朋友约我吃午饭，不过不着急。打开纸箱，里面塞满烙得金黄的发面烧饼。

这才想起，又到了七月七。我们这里有个风俗：七月七，烙花吃。花，即发面烧饼。以前在老家，每逢这一天，心灵手巧的母亲都会烙出满锅金灿灿香喷喷的烧饼。我搬进城里住以后，母亲便会将烙烧饼的时间提前几天，然后打发父亲将烧饼送到城里。老家距城里不过两小时车程，但是，我似乎总也没有回家的时间。

和父亲喝了一会儿茶，手机再次响起。我跟父亲说，要不一起去吧？父亲一脸惊慌，说，那怎么行？我一个乡下人，怎好跟你文化圈的朋友吃饭？我说，那有什么？正好把你介绍给他们。父亲一听，更慌了，说，不去不去，那样不仅我会拘束，你的朋友们也会拘束。我说，难道你来一趟，连顿饭也不吃？

父亲说，没事没事，回乡下吃，赶趟儿。我说，干脆这样，我下厨，咱俩在家里做点吃的算了，我这就打电话跟他们说。父亲急忙阻拦我，说，做人得讲诚信，答应人家的事情，失约多不礼貌。你去吃饭，我正好回乡下——乡下好多事呢。我说，你如果不去，我也不去了。当爹的进城给儿子送烧饼，儿子却没管饭，等我回村，别人还不戳我背骂我？再说，我早就想跟你一起吃顿饭了。

　　费了九牛二虎之力，我终于与父亲达成协议：偷偷在那家酒店另开一个只属于我和父亲的小包间。这样，我就既能够不驳朋友面子，又能陪父亲吃一顿饭了。父亲勉强同意，路上还一个劲儿嘱咐我别点菜，就要两盘水饺，一人一盘，聊聊天，多好。到了酒店，小包间正好被安排在朋友请客的大包间的隔壁。我没敢惊动朋友，悄悄帮父亲点好菜，又对父亲说，等菜上来，你慢点吃，我去那边稍坐片刻，马上回。父亲说，那你快点儿！还有，千万别说我在隔壁啊！我笑了。父亲像刚刚进城时的我一样，拘谨。

　　做东的朋友一连敬酒三杯，嘴里滔滔不绝。我念着隔壁的父亲，心里有些着急，说，要不我先敬大伙儿一杯酒吧，敬完我得失陪一会儿，有点事。朋友说，还没轮到你呢！我得连敬六杯，然后逆时针转圈……又没什么事，今天咱一醉方休。我说，可是我真有事。朋友说，给一个说得过去的理由，就放你走，否则，罚你六杯。我急了，说，我爹在隔壁。满桌人全愣了。

　　我说，今天我爹进城给我送烧饼，我把他硬拉过来，让他过来坐，他死活不肯。现在他一个人在隔壁，我想过去陪他一会儿。

　　朋友们长吁短叹，说，你爹白养你这个儿子了——你这算什么？在隔壁给他弄个单号？还愣着干什么？快请他过来啊！

我说，他肯定不会过来。如果你们不想让他拘束、让他难堪，就千万不要拉他过来。

朋友说，那我们现在过去敬杯酒，这不过分吧？

我拗不过他们。朋友们全体离席，奔赴隔壁。推开门，我愣住了，房间里只剩一个埋头拖地的服务员。我问，刚才那位老人呢？服务员说，早走啦！你点的菜，也都被他退啦！不过，他打包带走一盘水饺，说想让乡下的老伴尝尝城里的水饺。

我们沉默良久，不知该说些什么。那一刻，我打定主意，下个周末一定要回家。不，以后每个月都要回家一两趟。我端起酒杯，对朋友们说，敬咱父亲一杯吧！

然而我的父亲，既不会看到，更不会知道——此时，他正坐在开往乡下的汽车上，怀里抱着一个装了城里水饺的饭盒。

幸福倒计时

李世民

　　搅拌机像一个巨大的蜗牛呼呼啦啦地旋转着，民工三元认真而自然地扳动着离合器，把黏糊糊的混凝土倒在了伙伴的小车里。

　　三元已经彻底地喜欢上了这个巨大的蜗牛一样的搅拌机，尽管搅拌机的声音尖厉刺耳，尽管搅拌机还常常会把星星点点的灰浆喷溅到三元黑红色的脸膛儿和敞开衣扣的肚皮上，三元还是觉得，搅拌机就像自家喂熟的大黄牛一样听话，让它吃料它就吃料，让它旋转它就旋转，让它停下它就停下。

　　每天上班的时候，三元总是比伙伴们早到一会儿，看看搅拌机的线路是不是有问题，给轴承和齿轮加些油什么的；每天下班的时候，三元总是晚走一会儿，冲刷一下搅拌机的里里外外，或者是紧一紧螺丝。三元越发觉得，搅拌机就是自家喂养的那头牛，你只要好好侍候它，它就听你的使唤，卖力地干活儿。

　　搅拌机的左侧，有一根柳木柱子。说它是柱子，其实是不对的，春天工地开工的时候，大家安装搅拌机，随意插了一根柳木，现在已经是夏天了，柳木的梢头居然抽出了几根枝条，生出了翠绿的嫩芽来，应该算是一棵柳树了吧。柳木上挂着一块黑板，黑板上写着一行醒目的字：工程离竣工还有一百二十天。

在黑板的最下端，还有一行用粉笔写的小字：离三元结婚还有三十天。这行小字，除了三元之外，工地上的其他人可能都不知道，因为他们根本不会在意，也看不清楚。这是三元的秘密，也是三元无法掩饰的幸福。看着这行字，三元常常会无端地发出嘿嘿的笑声，他觉得那个不断变化的数字，像一根根火柴，一次又一次地擦亮了自己的眼睛，映红了自己的脸膛儿，这样的时候，三元的心里也会像涨潮的海水一样，涌起了一波又一波的幸福。

三元的对象名叫柳琴，是过年的时候村里的媒人给介绍的。有时候，三元使劲地想柳琴的模样，却怎么也想不起来。其实，这也不是三元的错。三元和柳琴，总共才见了三次面：头一回，是三元和柳琴相亲。第一眼，三元就相中了柳琴。他觉得柳琴好看，越是好看，三元越是不敢多看，好看在哪里，三元也说不上来。第二回，三元去柳琴家送彩礼，带去了一台大彩电和一堆花花绿绿的衣服。记得当时柳琴说，这么多的衣服，啥时候才穿得完啊！三元直搓手，不知道说啥好。第三回，三元来城里打工，柳琴送他去车站。那天是正月十六，天冷得厉害，柳琴的手冻得通红，有几回，三元都想拉住柳琴的手，这样一是给她暖暖手，二就是两人能牵牵手。三元只是这样想，却没有拉住柳琴的手。现在三元想起来多后悔呀，他真的想不出拉住柳琴的手是什么样的滋味，他想等结婚以后，天天都要拉住柳琴的手……

工地的对面有一个超市，休息的时候，三元常到里面看看。

三元看中了超市里的一条毛巾被，粉红色，带点儿暗花，上面有鸳鸯戏水的图案。三元不止一次地看那条毛巾被，他想柳琴会喜欢这条毛巾被吗，他想柳琴一定会喜欢的，想着想着三元的脸就红了。三元还想，城里的东西就是好，城里的东西也很贵，一条毛巾被二百多块钱，顶两只山羊呢，顶好几袋玉米呢。但是，三元还是拿定了主意，等到回家结婚的那一天，一定要带回这条毛巾被。

工地上，每天都要用一袋又一袋的水泥。这些水泥，是三元一袋又一袋地从仓库搬到搅拌机前的，用过了水泥，三元就把一条又一条的水泥袋收藏起来，隔上三五天，就有收废品的小贩上门收一次。三元计算着，到了临走的时候，卖水泥袋的钱差不多也能买一条毛巾被了。

黑板下方的数字在三元的期盼中一天比一天变小了，三元结婚的日子也来临了。

那天，三元怀揣着水泥袋换来的二百块钱，一阵风催着一阵雨似的朝对面的超市赶去，就要推开超市的玻璃门时，三元禁不住回头望了一眼。三元看见，搅拌机还像蜗牛一样旋转着，伙伴们还像过年一样装着石子推着沙子；三元听见，搅拌机还呼呼啦啦地响着，伙伴们还嘿嘿呀呀地喊着号子……

从超市走出来的时候，三元左手拎着一只烧鸡两只板鸭三条炸鱼，右手拎着四瓶高粱酒。其实，三元是在看到超市门前那个巨大的酒瓶才改变主意的，三元像个做错了事情的孩子一样涨红了脸，他在想，这个时候为什么不请兄弟们喝杯酒呢？

那天晚上，高粱酒的香味在整个工地上荡漾着，伙伴们呼天喊地的猜枚声也响彻了整个工地，大家都说喜酒不醉人，实际上大家都喝醉了。喝醉了的伙伴们话就稠了，有人问三元，你媳妇好看不好看。三元说，好看。有人说，三元你媳妇好看，带过来让大伙儿也看看呀。三元说，这回俺请了半个月的假，结婚后就把媳妇带到工地上来，让大家好好看两天……

第二天，三元在伙伴们的簇拥下乘上了火车。三元还不知道，自己的行李包里，多了一条粉红色暗花的毛巾被；三元更不知道，工地上黑板下面的那行小字，此刻已经变成了醒目的大字：离三元回工地还有十五天。

鬼 手

杨海林

商槐读书未成大器，眼看到了娶妻生子的年纪，家里人这才慌了神，想让他好歹学门手艺糊口。商槐叹口气说，手艺倒是现成的，只可惜治国平天下的抱负，怕是无法实现了。

原来商槐读过许多古器物鉴赏方面的书，自信凭一双慧眼即可谋得一份差使。

家人为他找了一家古玩店，叫怡雅斋，不大，只有一间门脸儿。商槐袖着手在门外转了一圈，嫌寒碜。店主本来碍于他父亲的面子，有照顾他的意思，没料到商槐竟不识抬举，就揶揄他说，你要见大世面，为什么不去聚珍轩呢？

商槐拱拱手说，麻烦您给引个路。

竟真去了。到了聚珍轩门上，商槐伸长脖子往里一望说，好画呀！聚珍轩的老板李淳风正和怡雅斋的老板寒暄，听商槐这么说，就知道商槐是看见了板壁上的那幅立轴，便叹息道，是幅好画，可惜没有题款，难知作者是谁啊……

商槐摆手说，此画粗墨浓笔，略施杂彩，应是五代时徐熙"落墨花"笔法。这种笔法，后世摹仿者颇多，然无一人能达到形神俱足的地步。此画风格超逸峻拔，野趣横生，应是徐熙真迹无疑。

怡雅斋的老板撇撇嘴说，这个大家都懂，然而古玩界的规矩，没有确切题款，纵然是真迹，也难卖个好价钱。

商槐笑笑，指着画中一块污渍说，这下面是徐熙的钤印。若除去污渍，不就可以说清它的作者了吗？

哦？李淳风伸头来看，那污渍之中确有一点微红，却辨不出是否是真的钤印。

这好办。用火烧去污渍，钤印自会出来。

用火烧？

对。商槐从怀中掏出一个瓶子，取出一点粉末，撒在污渍上，反复揉搓，及至那点粉末全渗入纸中，这才笑笑说，烧吧，烧坏了画，我赔。

李淳风战战兢兢地划着火柴，画上有一点靛蓝的火焰冒出来，就像盛开的一朵花。过了一会儿，污渍退尽，泛黄的宣纸上果真有了一块朱红的钤印，仔细辨认，竟是"臣徐熙印"。

商槐在聚珍轩做了二十年掌柜师傅。那年，替李淳风收了一件彝器，说是商代古物，后以十倍的价格卖与了天津一个玩家。李淳风请商槐喝酒，至半酣，商槐说，李兄啊，这次我看走了眼。那件彝器，可能是赝品。

李淳风一愣。

商槐说，铜器入土千年，如是真品，颜色会随着时间的变化而变化，午时纯青如铺翠，子时稍淡……其实一开始我就知道了。

李淳风问，那你为什么又买下了？

商槐说，卖彝器的那人是个革命党，我是想帮帮他。

李淳风安慰他道，没关系的，纵然是赝品，也已经以十倍的价钱卖出去了，于我并无损失。

商槐说，你是商人，只要能挣钱，眼中并无真赝之分。我就不同了，我是把它当一门学问啊！

竟自刺瞎了双眼，从此闭门不出，偶尔也有人登门请求鉴别古器物，商槐便以手摩挲。商槐说，手是人身上最灵异的器官，能与当初造物之人交谈。鉴别古物，眼睛是最没用的东西。

这年年底，清江浦来了两个日本浪人，带了一只瓷瓶请商槐鉴别。商槐摩挲良久，叹息道，画是真的，瓷瓶是伪造的。

日本浪人吃了一惊。

商槐说，瓷瓶上的画是倪云林的山水小品不假，但不是倪云林在烧制器物时画上去的，而是造瓶的工匠在瓶胎上贴了他的画，使用药液使画上的颜料渗透到瓶体上，再涂釉烧制而成。自我双目失明后，这双贱手便被人称为"鬼手"。我的手告诉我，这瓷瓶的年代不足二十年，连烟火气都没退呢。

日本浪人不服。商槐便笑，从屋里取出一只瓷瓶说，你们看看，像不像双胞胎？日本浪人一时弄不清真假，便奸笑着说，既然两只都是假的，不如都毁了吧。一挥手，打碎了两只瓷瓶。

日本浪人走后，商槐对李淳风说，这两只瓶子都是国宝，我是不忍心哪怕一件落入外人手上，才这么说的啊！

李淳风顿足道，即使到他们手上，我们还有机会夺过来，可现在这两件国宝都碎了……唉！

整整一个月，商槐闭门不出。

岁末，李淳风去拜访商槐，才发现商槐已然长逝。

桌上，摆着两只瓷瓶。细看，竟无一丝修补的痕迹。再看，李淳风不觉流下两行热泪——那是当初被日本浪人毁坏的两件国宝啊！

她长得像我妈

巩高峰

在一溜打着赤膊的搬运工里，我见到她的时候，吃了一惊。嗯，女搬运工本来就很少见，何况她这么矮小瘦弱，我都不知道她能不能搬动一箱瓷砖。

让我吃惊的另一个原因是我昨天下午刚刚见过她，就在一家大超市门口。当时之所以多留意了她几眼，是因为她长得有点像我妈，满脸都是皱纹，看上去明显超出实际年龄。只是她看起来稍稍年轻一点，但是更瘦小，像远在千里之外老家的小一号的我妈。我记得因为这个，我还笑了笑。

当时她正和儿子吵架，虽然她努力表现出家长训斥孩子的口吻，可两人看起来就是吵架。儿子也就十三四岁的模样，却比她高半头，她得仰着头数落他——因为那个男孩自己做主在超市买了一双耐克鞋，而且从超市一出来就立马换上了，那双旧鞋则拎在手里。这样一来，即使她吵赢了，这鞋也没法退了。于是她退了两步，仔细端详了好几遍儿子脚上那双贵到让她心疼的鞋。

我在超市里见过那鞋的特价广告牌，七百九十九元。而她生气就是因为这个价格，她说她天天在超市门口整理自行车，打扫卫生，一个月才挣八百，他一双鞋就给花没了。她儿子看起来更生气，说篮球队的同学买的都是今年的新款，最便宜的也一千多，他买了双旧款，还打六折，结果还是被唠叨半天。

今天竟然又见到她，巧得让我不由多看了她一眼。她很敏感，很快发现我注意了她一下，而且她误会了我的眼神，特意从一排搬运工里跑过来，跟我保证说她能搬动，让我放心，她不是来混搬运费的。我不过是帮朋友一点小忙，替他看着搬运工腾挪一个仓库。朋友在新仓库等着卸货、安排位置，让我在这边盯着顺利装车就成。所以，我朝她息事宁人地点头，说："你可以挑小箱搬，注意别砸着脚。"

她本来都转身走了，听我说了这句话，回头看了我一眼，显然又理解错我的意思了。第一箱她就赌气搬了个最大的，一箱足足七十斤。我试过，两个人抬都有些吃力。她个头矮，不能像别人用背的方式，只好抱着瓷砖，身子后仰，下巴紧紧顶着，走起来有点摇晃。虽然很吃力，倒也顺利搬到了停在仓库门口的车厢旁。她停了一下，用右腿顶住，深吸一口气，"嗨"的一声将瓷砖举高了一些，由车上面的搬运工接过去。她掸了掸衣襟上的灰尘，扭头看了看我，眼神里有点小得意。

第一车装满的时候，搬运工们突然嗷嗷叫着往车上爬，争抢去卸车的机会。卸车和装车的价钱一样，但是比起装车，那活儿可轻松多了，所以需要的人也少，只用四个就可以。最先爬上车的四个人，就算抢到了机会。她反应明显慢了，等她挤到车厢边，四个胜利者已经坐在瓷砖上微笑了，有种占了便宜的兴高采烈。

动作慢的人自觉放弃，回来拧开各自的杯子灌一通水，然后有的吵嚷着聊天，有的聚在一起打牌，有的去门外四处看看有没有打零工的机会。她在门口很不甘心地看着车子扬着灰尘开出去老远，才慢慢掉头往回走，脸上是几乎要哭的表情。

我不知道该怎么称呼她，那些男搬运工背后带着讥笑议论她时，都叫她"那个女的"。他们说，她是被亲姑姑从四川拐卖到这边的，卖给了一个大她十八岁的老男人。最初几年怕她跑了，老男人把她拴在屋里，整天不让她出来，直到后来她接连生了三个孩子，让她走，她也不肯走了。

显然，他们对她既排斥，又有些同情。他们觉得，搬运工是男人干的活儿，她不该来分他们的搬运费，也不该干这么辛苦的活儿。

我把一张塑料凳子递给她，示意她坐下来歇歇："一会儿车还得回来，搬这个仓库怎么也得十几车，下一趟再去。"

她勉强笑了笑，没说话。这些搬运工里就她没带杯子。于是，我用一次性杯子倒了水给她。她边喝水，边谢了我三次。

我说："我昨天见过你，你不是在那个超市门口管理自行车吗？怎么又来干这个？"

她听我这么说，惊讶地挑了挑眉毛，笑了："那个活儿只干半天，下午四点到晚上十一点。上午都闲着没事儿，反正多赚一点是一点嘛，是吧？"她其实很健谈，而且话里果然有些四川口音。后来，她就跟我聊开了。她说，她男人年纪大了，身体不太好，也懒，还喜欢喝酒。她有三个孩子，大女儿读大学了，从第二学期开始就不让家里给钱了，都是自己做家教赚学费和生活费。二女儿明年也要高考了，她心气高，只想考北大、清华。就是小儿子从小惯坏了，不太听话。

说这些的时候，她满脸都是笑——心疼、欣慰，又有点骄傲。只是说到小儿子叛逆、经常逃课，还跟她顶嘴、吵架，有时还偷钱离家出走时，她的脸上罩上了乌云。说着说着，她突然毫无征兆地哭了，鼻涕眼泪混在一块，一把抹了，擦在鞋帮子上。

那姿势、哭腔和表情，跟我妈当年为我生气时几乎一模一样。那么一瞬间，我很是恍惚，仿佛自己又在倔强地面对着伤心的母亲……

后面的几趟车，我跟司机交代了，每趟都让她跟去卸车，而且不用挤在车厢里，就坐在副驾驶的位置上。她很高兴，每次大家吼她，让她动作快一点上车，她都回头感激地朝我笑一下。

她不知道，每次她一朝我笑，我就想哭。

高 等 教 育

司玉笙

强高考落榜后就随本家哥去沿海的一个港口城市打工。

那城市很美，强的眼睛就不够用了。本家哥说，不赖吧？强说，不赖。本家哥说，不赖是不赖，可总归不是自个儿的家，人家瞧不起咱。强说，自个儿瞧得起自个儿就行。

强和本家哥在码头的一个仓库给人家缝补篷布。强很能干，做的活儿精细，看到丢弃的线头、碎布也拾起来，留备后用。

那夜暴风雨骤起，强从床上爬起来，冲到雨帘中。本家哥劝不住他，骂他是个憨蛋。

在露天仓垛里，强察看了一垛又一垛，加固被掀动的篷布。待老板驾车过来，他已成了个水人儿。老板见所储物资丝毫未损，当场要给他加薪。他就说，不啦，我只是看看我修补的篷布牢不牢。

老板见他如此诚实，就想把另一个公司交给他，让他当经理。强说，我不行，让文化高的人干吧。老板说，我看你行——比文化高的是你身上的那种特殊的东西！

强就当了经理。

公司刚开张，需要招聘几个年轻人当业务员，就在报纸上做了广告。本家哥闻讯跑来，说给我弄个美差干干。强说，你不行。本家哥说，看大门也不行吗？强说，不行，你不会把这里当成自个儿的家。本家哥脸涨得紫红，骂道，你真没良心。强说，把自个儿的事干好，才算有良心。

公司进了几个有文凭的年轻人，业务红红火火地开展起来。过了些日子，那几个受过高等教育的年轻人知道了他的底细，心里就起毛说，就凭我们的学历，怎能窝在他手下？强知道了并不恼，说，我们既然在一块儿共事，就把事办好吧。我这个经理的帽儿谁都可以戴，可有价值的并不在这顶帽子上⋯⋯

那几个大学生面面相觑，就不吭了。

一外商听说这个公司很有发展前途，想洽谈一项合作项目。强的助手说，这可是条大鱼呀，咱得好好接待。强说，对头。

外商来了，是位外籍华人，还带着翻译、秘书一行。

强用英语问，先生，会汉语吗？

那外商一愣，说，会的。强就说，我们用母语谈好吗？

外商就道了一声"OK"。谈完了，强说，我们共进晚餐怎么样？外商迟疑地点了点头。

晚餐很简单，但有特色。所有的盘子都尽了，只剩下两个小笼包子。强对服务小姐说，请把这两个包子装进食品袋里，我带走。虽说这话很自然，他的助手却紧张起来，不住地看那外商。那外商站起，抓住强的手紧紧握着，说，OK，明天我们就签合同！

事成之后，老板设宴款待外商，强和他的助手都去了。

席间，外商轻声问强，你受过什么教育？为什么能做这么好？

强说，我家很穷，父母不识字。可他们对我的教育是从一粒米、一根线开始的。后来我父亲去世，母亲辛辛苦苦地供我上学。她说，俺不指望你高人一等，你能做好你自个儿的事就中……

在一旁的老板眼里渗出亮亮的液体。他端起一杯酒，说，我提议敬她老人家一杯——你受过人生最好的教育——把母亲接来吧！

锄　奸

赵明宇

凤敏蹲在门槛上纳鞋底，不时地重复着一个动作：把针在头发中间钢一下，然后用力扎进鞋底，再扬起胳膊，抽动绳子，把针脚勒紧。

凤敏一边纳鞋底，一边警觉地观望着远方，侧耳细听附近的风吹草动。其实，她是给元城县抗日大队站岗。她男人田大壮是大队长，今天在家里开会。隔着一层薄薄的门板，能听到田大壮的声音，让大家一起想办法，如何除掉汉奸臭火。

臭火曾经是田大壮的朋友，抗日大队的队员。前些天，臭火被元城的皇协军抓去，经不住拷打就叛变了，带着二狗子抓捕元城城里的抗日队员。为了避免更大的牺牲，田大壮专门召集这次锄奸会议。

凤敏隔着门缝看看屋里，一群汉子们都低着头。有个人把手里的旱烟甩掉，拍一下桌子说，俺进城去找那狗日的！下手晚了咱也保不住了。田大壮拦住他说，臭火认识你，说不定已经在城门口摆好了布袋阵，等着你去钻呢。

一听这话，那个人的脑袋耷拉下来。

凤敏绾绾手里的纳底绳子，推门进去说，锄奸的事情包在俺身上。田大壮一见，挥挥手说，你这娘儿们，出去站岗去！

凤敏瞪了田大壮一眼说，俺能除掉臭火。

大家你看我，我看你，然后问她，嫂子，你有啥办法？

凤敏说，别管啥办法，三天内保证让臭火消失。

田大壮咂吧着嘴说，臭火认识你，你可得当心。

凤敏笑笑说，你把心放到肚里吧。

凤敏曾经跟着臭火假扮夫妻给冀南军区送信，路过杨桥村。臭火指着村子口的两间瓦房说，那就是他的家。他还说，他弄了好吃的，总会留下来给老娘送去。臭火是墓生儿，是他爹死了以后出生的，所以他对老娘很孝顺。

天黑下来，凤敏收拾一下，在腰里藏了一把枪，化装成讨饭的，直奔杨桥村。

凤敏故意惨叫一声，倒在臭火的门口。从家里出来一个老太婆，把凤敏扶起来，搀到屋里，倒一碗水，让凤敏喝。凤敏喝了水，千恩万谢，说："俺是从河南逃荒过来的，你如果不嫌弃，俺认你做干娘吧。"老太婆长叹一声，拿出一个窝头、一盘咸菜，看着她狼吞虎咽地吃。

在老太婆家里住下来，凤敏帮着老太婆做饭、洗衣，收拾院子。三天了，臭火还没露面。凤敏有些等不及了，问老太婆，干娘，家里没有别人了？

老太婆说，还有个儿子，在县里做事，估计今晚该回来了。

凤敏一听，心中暗喜："今晚要杀了臭火，还要杀了你这助纣为虐、纵子行凶的老妖婆。"

晚上，她躺在里屋的土炕上，闭着眼睛等待时机。街上传来几声狗叫、几声鸡鸣，却没了动静。老太婆起来了，拨亮油灯开始做饭。凤敏故意揉着眼睛问她，干娘，咋三更半夜做饭？

老太婆说，儿子要回来了，给他做面汤呢。

凤敏听了，黑暗中摸了摸腰间的手枪。

过了一阵子，果然有敲门声，她的心一阵发紧。

老太婆开了门，就听臭火说，娘，快收拾一下，跟儿子进城享福去吧。

凤敏的手捂紧了枪，心里咯噔一下，这狗汉奸还有一片孝心，倒是让她有些同情。可是，一想到被臭火出卖的抗日队员正在遭受酷刑，她又一次攥紧了枪。

臭火说，娘，咱家里有生人？老太婆说，是个讨饭的河南女人，别打扰她睡觉，俺把饭给你做好了，先吃饭。臭火说，娘，咱到了元城，吃香的喝辣的，让你好好享福。老太婆微笑着说，儿啊，你也出息了，快点把面汤喝了，这可是俺连夜给你做的。

凤敏扣扳机的手迟疑了一下。看在你臭火孝心的份上，先让你这个狗汉奸多活一会儿，反正你死定了。

臭火说，娘，你赶快收拾一下，跟俺进城。接下来，是一阵喝面汤的声音。

凤敏正要透过门帘瞄准臭火，就听臭火一声惨叫，娘，你做的什么饭？莫不是要杀了儿子吧？

老太婆说，孩子啊，你不死，要有多少条生命去死啊！我不失去儿子，要有多少老人失去儿子啊！老太婆说完，掀开门帘，对凤敏说，闺女，我替你锄奸了。

凤敏一愣，望着倒在地上的臭火，说，干娘，你认识俺？

老太婆说，我扶你的时候，就摸到你腰里的枪了。

凤敏惊愕地望着老太婆，又叫了一声"干娘"。

你与谁聊天

白旭初

老头子走了。女儿也走了。

天国没有回程的路，老头子永远回不来了。女儿在南方的台资企业打工，一年才能回来一次。

女儿回南方前对老妈说，老爸的手机您用着吧。又说，有事打我的电话，我也会常打电话给您。

老妈本地再无亲人，加上腿脚不太灵便，每天除了到附近菜市场买菜，自个儿做饭自个儿吃外，就是靠在沙发上，盯着茶几上的手机发呆。她期待和南方的女儿说说话，但手机沉默着一声不响。

这天，老妈毅然拿起手机，拨了女儿的号码，但传来的是另一个女人的声音：你拨打的电话号码已关机。

老妈又连续拨了几次，还是关机。她生气地把手机扔在沙发上。

傍晚时分，老妈的手机突然响起来，接着传来女儿焦急的声音：老妈，您打给我五个电话，家里有急事？您还好吗？

家里没事，我也没事，就是想和你说说话。老妈说，你怎么把手机关了呢？

我在流水线上干活儿，一刻也不能停手。女儿说，而且，上班时间接打电话要罚钱的。

老妈说，你这么晚才下班？

嗯，天天加班。女儿打了个哈欠，说，下了班就想睡。

老妈泪眼蒙眬，说，下班了，抓紧时间休息，不给我打电话不要紧，打长途挺费钱的！

女儿想，老妈真可怜，今后再忙再累，也不能忘了给她打打电话。

一天，女儿轮休，她上街买日用品时给老妈打了个电话，语音提示却说，你拨打的电话正在通话中。女儿想，好事呀，老妈终于和别人有往来、有联系了。

女儿买完东西后，又给老妈打电话，语音提示还是说，你拨打的电话正在通话中。女儿想，这电话打得够久的，老妈和谁通话呢？

女儿不记得重拨了几次，老妈的手机终于接通了。女儿问，老妈，和谁打电话呀？打了这么长时间！

老妈说，一个熟人。

女儿说，聊些什么呢？

老妈顿了一下，说，没聊什么，就是天南地北聊天呗！

女儿和老妈聊了二十多分钟。挂了电话后，还沉思了一会儿。

又一天，女儿上班时，流水线突然出故障停机了。趁流水线抢修间隙，工人们都走到车间外透气。女儿忙开了手机，给老妈打电话，奇怪的是，语音提示又说，你拨打的电话正在通话中。女儿隔一会儿重拨一次，直到流水线修好了，老妈的手机也没能接通。

晚上，女儿又给老妈打电话。电话通了，母亲却说，有事吗？

没事别打电话，费钱哩！

女儿说，老妈您开电话会议呀，和谁聊天呢？

老妈说，也是熟人。

女儿说，聊些什么呢？

老妈说，没聊什么，就是天南地北聊天呗！

女儿想，老妈是不是有了相好的？女儿说，和你聊天是个老头儿吧？

老妈不语，只嘿嘿一笑。

女儿暗思忖，老妈还不到花甲年纪，有个老来伴儿，也是一桩美事啊！

女儿请了几天假，决定回家一探究竟。女儿刚进家门，老妈的手机就响起来。

老妈把手机举到耳边，问，你好！你是谁？你找谁？

老妈说，哦，你要我猜你是谁？哦，我猜不出。

老妈说，你要我仔细听你的声音，我也听不出你是谁！

老妈说，哦，你是湖北的，我猜出来了。你姓董吧？

老妈说，怎么样？我猜对了吧！我还知道，你是我老头子的亲侄子呢。

老妈说，哎呀！伯伯得癌症住了医院？借两万块钱，没问题。

老妈说，别急！叔叔到上海出差，等几天才能回来，到时会把钱送到医院去。

老妈说，啊，不要叔叔送？好哩，他回来后，就把钱给打过去……

女儿再也听不下去，大声说，老妈，这是——

女儿还没把"骗子"二字喊出口，老妈就急忙把通话结束键按了。

老妈说，我早知道他们是骗子。当年你老爸就上过当。

女儿说，知道是骗子干吗还聊得起劲？

老妈说，一个个骗子打电话给我，我就当是聊天呗！

老妈又说，只要不把话说死，不揭穿他们的鬼把戏，他们就会天天打电话来。

女儿眼里顿时汪满了泪水。

长大了，俺都嫁给你

刘志学

冬来是我高中时的同学，比我大一岁，今年三十六岁了。

如果不是小儿麻痹带给他的那条残腿，他肯定比我混得好。因为上学时他就是班上出类拔萃的好学生。每次考试结束后，班主任郭老师总是推推眼镜对大家说，找冬来对答案吧。他的答卷就是标准答案……

然而，冬来却在他那个叫作鹅脖湾的小村子做了一名小学教师，且至今未娶，固守着三尺讲台，一个人打发着东升西落的日子。

冬来也曾经有过女朋友，是俺班当年很崇拜他的一个女同学，叫香荷。人长得很漂亮，学习成绩和冬来不相上下。下晚自习回到大寝室，熄灯后我们谈论最多的女同学就是她。她爸爸在新乡是个什么厂的科长，毕业后没几年就随父母进城了。

冬来和香荷相爱的保密工作做得很好。毕业五六年了，我才听说这档子事儿。当时，光知道他俩总被老师喊去帮忙改作业、开团会等，谁知道他们咋就悄悄地好上了呢？

他们的爱情命运和大多数这类故事中的人物的遭遇差不多——香荷的父母坚决不同意，放出话来说："腿不得劲吧，只要女儿喜欢他，俺也不干涉她的选择。但一家人好不容易熬到城里了，决不能让女儿再嫁到黄河滩！"香荷和父母挺了三年，他们终于妥协了，但要求冬来必须和女儿一起到新乡来。于是，香荷便心花怒放地赶到了鹅脖湾……

鹅脖湾因黄河在村南绕了一个很大的像鹅脖一样的弯儿而得名。这个被大堤圈在河滩里的村子只有八十多户人家，四百多口人。汛期一来，河水一漫滩，就成了一个四面环水的孤岛，但地势却很高，从未遭过水患，按他们一脸自豪的说法是，俺村要是被淹了，怕是连北京城也保不住哩！这也许就是鹅脖湾人世世代代固守家园的原因吧。老辈子不知道是咋过来的，反正现在的鹅脖湾人巴不得早一天离开那个孤岛，融入外面的世界。别的不说，光孩子们上学就是个大问题。村子太小，没有学校，水一上来，孩子们就得一天两趟让大人划着船接来送去，才能到大堤外的村里去读书。很多个负责任的或无力应付的家长因为这，就眼看着自己的孩子慢慢地变成大字不识一个的"睁眼瞎"。村里的女孩子就别说了，十个有九个不知道学校的大门朝哪儿开。

冬来因为那条残腿，尽管学习很好，也没能去上大学。死了这份心后回到村里，往村支书家里跑了几趟，居然办起了一个学校。从一年级到五年级，全村收了七十多名学生。支书又从村里选了一名高中生给他做帮手，借用了乡邻们的闲房子，全村人兴高采烈地放了几大挂鞭炮，"鹅脖湾小学"就算开课了。

尽管冬来被乡亲们封为"校长"，但在教管部门却没"名分"，他最多算个"编外"民办教师。冬来也不允许孩子们喊他"校长"，所以，一站到讲台上，下面几十张小嘴里喊出来的仍是："老师好——"

香荷是兴冲冲地赶到鹅脖湾的，但她在那儿住了一个多星期后是哭着走的，而且那天她直哭得死过去好几次……

本来，村支书找到冬来帮着香荷做工作，乡邻们也都挨家挨户地请冬来和香荷，准备为他们送行了，但几十个孩子却不依不饶。香荷不管走到哪里，总觉得背后有孩子们的目光跟着她，像刀片一样在她身上划。

冬来每顿饭都在乡邻家喝得酩酊大醉，喝醉了，就光说大实话："俺舍不得离开孩子们哪！可俺没法呀——除了香荷，谁看得上俺呀……"他数落一阵，就朝那条残腿上又掐又拧的。香荷拉都拉不住。于是，香荷哭，冬来哭，乡亲们哭，围在院子里的孩子们也跟着哭……

终于要离开那个孤岛了，全村的乡亲们都来送。两人上了木划子，走不掉——没有船桨！支书骂骂咧咧地差人找，找遍了全村也没见到一个。后来才知道，孩子们早趁着天黑，把所有的船桨都偷走，一把火烧了！

无奈，支书吩咐几个小伙子凫水把冬来和香荷坐的小船拖到对岸。两人噙着泪和大家道别。

岸上的几十个孩子一直抽泣着，这会儿都号啕大哭起来。突然，不知哪个女孩子沙着嗓子哭喊："老师，您别跟那个女的走啊——等俺长大了，俺给你当媳妇！"

"俺也给你当媳妇！"

"俺嫁给你！"

"俺都嫁给你！！"

十几个女孩子撕心裂肺地哭着、喊着，刚刚离岸的冬来愣住了……

最终，冬来还是被孩子们留住了，他仍然固守着鹅脖湾小学的三尺讲台，孤身一人打发着东升西落的日子……

　　之后不久，我因事回了一趟老家，多年不见的我们偶然遇到了一起。那天，冬来又醉了个一塌糊涂。他一个劲儿地摇晃着我的胳膊，反反复复地问："你说说，我是不是很傻？是不是呀？你说话呀……"

　　我无言以对。

出门打工

程习武

　　大牛真的没办法了。五十岁的人搁城里头欢实着呢，可五十岁的农民大牛脸上爬满了沟沟壑壑。大牛的头发几天之内差不多都白了，像个乱糟糟的鸟窝。大牛真的没有路走了。

　　大牛和大花商量了好几天，大牛要出去打工。大花是大牛的老婆。大花一开始不想让大牛去，大花说，你五十岁的人了，谁要你呀，你又能干得了啥？其实，大花是心疼大牛。大牛的身子骨单薄，腰也有毛病。大牛说，啥活儿都中，只要给钱。大花说，你要学问没学问，要力气没力气，你去也白去。大牛说，那你说咋弄？在家干等着？那一屁股账你还？大花就不说话了。

　　大牛欠了一屁股账。其实，大牛这一屁股账是为儿子欠下的。大牛有两个儿子。大儿子盖房花了几千块，娶媳妇又花了几千块。小儿子也得盖房子，也得娶媳妇不是。除了原来积攒的几千块钱，大牛跟亲戚邻居借了万把块。两个媳妇娶进门，都想着过自己的小日子，都闹着分家。分就分吧。大牛给大花说，一人掂口锅，就算另过了。可欠的账呢？大牛给儿子儿媳说，这家分了，账也得分。你们兄弟俩，一人一半。儿子儿媳就说，账俺还，你在一边怪凉快。俺累死累活，你甩手不沾泥。你说，这爹俺还喊不喊？大牛看不行，就退了一步。咱三一三十一，一万块钱分三份，一家一份，这中了吧。大花也给儿子儿媳说，你爹老了，全身的骨头都刻成扣子也值不了一万块呀！大儿媳妇听了，说要喝农药。二儿媳妇听了，说这就回娘家，喊娘家兄弟来拉嫁妆。

大牛没办法了，大牛就认了这一屁股的账。儿子偷爹不算贼，儿子把欠账都推给爹，自然也就不能说没有理了，谁叫你是他爹呀。

大牛去见爹。大牛在爹的门口站了好久。大牛的脸热辣辣的。有愧呀。那一年爹有病，住医院花了千把块钱，说好了兄弟俩把这些钱拿出来的，可大牛的老婆大花不让拿。大花说，猪往前拱，鸡往后刨。各人想各人的办法吧。再说了，咱又没有一疙瘩钱在那儿放着，咱拿啥给他？结果，大牛就没有出一分钱。二牛把钱全拿出来了。还有爹过生日，大牛连一块糖也没给爹买过。不是大牛不想买，是大花不让买。大花说，穷人，庄稼人，过啥生日？过过生日就不穷了？就不是庄稼人了？就成了精了？就能活千年黑万年白？在院门口站了半天的大牛还是走进了院子。

大牛看见爹正坐在门口晒太阳。大牛还看见他的兄弟二牛正蹲在院子角落刺啦刺啦地磨铁锨。这时候是春天了，天暖得早，日头像水一样把院子的角角落落都洇了个透。爹坐着一条小凳子，正斜靠在墙上。爹眯着眼，爬满了皱纹的脸浴在阳光里，显得苍白。爹的嘴一张一合，下巴上灰白的胡子把阳光都抖乱了。大牛想给二牛搭搭话，嘴张了几张没张开。二牛不扭脸，自顾磨他的铁锨。大牛就拿了个小凳子，坐在了爹旁边。

爹醒来的时候，就看见了坐在他旁边的儿子。爹坐直了身子，揉了揉眼说，你明个就走？大牛愣了一下。大牛说，爹，你知道了？爹说，大牛，你五十岁了。爹说了之后，转过脸去，看院子里那棵枣树。枣树正长新芽，被太阳笼罩着，像一团雾。大牛看见爹流了泪，大牛的眼也模糊了。爹颤巍巍站起来，然后走进屋里。爹出来的时候，手里多了一个布包。爹把包递给大牛说，这是我平时攒下的一点钱，有你妹妹给的，有二牛给的，你拿上，救急，不定找到活儿找不到活儿，不能饿着呀。大牛捂着脸呜呜地哭起来。大牛说，爹，我哪有脸再拿你的钱哪。爹说，爹跟儿，哪有对住对不住的。

大牛站起来，用手抹了把脸。大牛跟磨铁锹的二牛说，二牛，我明儿个就走了，你嫂子要是有事，你就抽空管管她。咋着说，她也是你嫂子。大牛说这些话的时候，泪又下来了。大牛知道，他说这些话的时候，他的腰不硬，因为他平日里没管过二牛。不是他不想管，是大花不让管。二牛没吭声，只是刺啦刺啦磨铁锹。爹说，你放心走吧，你东洼那块地不是要种花生吗，二牛磨铁锹就是给你翻地呢。

大牛又一次捂了脸，大牛呜呜咽咽的哭声让很远的人都能听到。

翘　望

薛培政

　　过了腊八，在外务工的人便倦鸟归巢般踏上返乡之路。

　　每到这个时节，留守在家的人的念想，就像拔了节的麦苗一天一个样地生长，冷清寂寞了大半年的乡间，人气也旺了起来。

　　不知从哪天起，村子里那群半大孩子，每到下午放学，就像出笼的鸟儿，叽叽喳喳，蹦着跳着朝村东狮子冈上奔去。

　　狮子冈是这一带最高的山头，站在山顶上极目远眺，群山环抱中的一切可尽收眼底。

　　到了冈上，见天色尚早，他们便把书包胡乱扔在一旁撒起欢来了。

　　一阵疯玩过后，累了的孩子们或坐或站，在那块卧牛石旁停下来，一个个目不转睛地朝着通往山外的路上望着。

　　"姐，咱今天能接到爸妈吗？"

　　最小的那个男孩，撸一把鼻涕甩在脚下的枯草上，脸朝扎着羊角辫的女孩问道。

　　"只要你听话，别再乱跑，就能接到。"女孩那双清澈的眸子中充满了希冀。

　　于是，这群孩子中出现了少有的沉默，生怕谁多言多语，惊动了心中的念想。

起风了，呼呼的山风吹过山峦，吹过荒野，吹得周围灌木和野草发出瑟瑟的声响。

寒风把孩子们的脸蛋也刮得红红的，他们边把手捧在嘴边哈着热气，边用手搓揉着冰凉的小脸，却看不出一丁点儿退却的意思。

"你说最远的那座山后边是哪里？"也许为打破这少有的寂寥，有个孩子开腔了。

"可能是广州吧？"那个理着小平头的孩子接上了话茬。他爸爸在广州做工，去年这个时候，就是从那个方向回来的。

"不对——是温州！"扎着羊角辫的女孩立刻反驳道。她父母都在温州打工，每次回来走的就是这条路。

"是广州！"

"是温州！"

"你俩说得都不对，是郑州！"头戴皮帽子的那个男孩呼地站起身，底气十足地争辩道。他爸爸在郑州做快递工作，曾对他说，翻过那座山就到郑州了。

几个孩子争来争去，谁也不服谁，可谁也说不清山的那边是哪里，他们都没有走出过大山。

"鸿雁，你妈回来会给你带啥礼物？"或许是不愿尴尬地争执下去，扎着羊角辫的女孩岔开了话题，把脸扭向穿红衣服的女孩。

"我想有个印着芭比娃娃的新书包，我妈在电话里已经答应给我买了！"那叫鸿雁的女孩满是自豪地答道。

"书包有啥稀罕的？我让我爸给我带回个遥控飞机，等学会开飞机后，要是咱们再想爸妈了，我就开着飞机拉上你们去找他们！"坐在旁边的那个小胖子做了个手握方向盘的架势，边摇头晃脑边炫耀起来。

"瞎吹，就你能吹！连县城都不知道在哪儿，还想开飞机去大城市哩！"遭到身后那个孩子一顿抢白，颇伤自尊的小胖子白了对方一眼后不说话了。

"我要我爸给我带辆能充电的自行车，明年去县城上中学就不费劲了！"

…………

和着刺骨的寒风，孩子们争先恐后地表达着自己新年的憧憬和心愿。

"曼儿，你想让妈妈给买啥呢？"见身边那个温顺的小不点儿一直未开口，羊角辫儿把她揽到怀里问道。

"我啥也不要，我连妈妈的样子都记不清了，就想妈妈回来后再也不走了！"

小不点儿嘟囔的声音虽小，却让每个孩子听得心里酸溜溜的。

最后一抹晚霞不知不觉消失了，整个天地渐渐暗了下来。在朝着模糊不清的路上望了又望后，孩子们心有不甘地背起书包回家去了。

这样的时光持续了半月，小年说来就来了。

零星的鞭炮声，把孩子们内心期盼的火焰撩拨得越发热烈。他们觉得这难挨的等待，比整个冬季还长。

这天的黄昏，快快而归的孩子们走进村之后，只见那一只只大小不一的柴狗，又摇头摆尾欢跳着蹿上前来。

"走开——"不知哪个孩子很不耐烦地吼了声，惊吓得几只狗赶忙闪到一旁。有只狗躲闪不及，屁股上重重地挨了一脚，叫着跑远了。

望着这一幕，那些手扶门框、翘首以盼的老人们，不由得长叹了一口气。

入夜，山村里一片静寂。天空却逐渐阴沉下来，一场不期而至的大雪，悄无声息地划过夜幕，降落在了田野和群山上。

晨起的孩子们，望着漫天飞舞的雪花，愈发难以安分。"这鬼天气，早不下雪，晚不下雪，偏偏赶在这个时候下雪了！"对着阴沉的天空，有的孩子表现出一副愤愤的样子。

在大雪封山的日子里，孩子们仿佛一下子变得懂事了。寒假里，他们一会儿盯着电视上看打通道路的消息，一会儿跑到村口张望，没人再提新年礼物的事。一个个却禁不住在心里默默地念叨，大雪啊，可不要挡住爸妈回家的路。

盛大的节日

袁省梅

居然要穿着老衣吃饭。

是这样的，进了闰四月后，天好像加了热劲儿，一天比一天热了。天一热，无端地让人有几分困倦，懒懒的，啥也不想干。挨着又下了两场雨，天就凉了下来，又清凉，又温润，倒是舒服了。老头子就跟老婆子商量，闰月了，把老衣买下。

镇上有三家老衣店，老头子老婆子挨家转着看了，都不满意。老婆子说还不如自己做。老头子说，一针一线地啥时候能做成。老婆子就乜了他一眼，你急啥，慢慢做，今年做不成明年做，明年做不成，后年接着做。老头子说，你个老牛抬蹄子，要做到我八十啊。老婆子说，我要做到你一百岁。

老头子老婆子在集会上扯了绸缎、里布，买了各色缝纫线。四月初八这天，老婆子取出绸缎开始裁剪、缝纫。绸缎堆在炕上，哗的一下，灰黄的屋里就亮堂了，几乎是富丽堂皇了。蓝的是宝石蓝，红的是暗酒红，绿的黄的呢，都是暗色，却也是饱满的、圆润的，是经了风雨经了霜雪的，沧桑中见出了风情和华彩，自然地，就有了一股子富足和安宁，是贵气和心满意足了。就是那块明黄色缎子，老婆子说做个鞋面子，也不艳丽，倒有着说不出的风情和体贴。绸缎上的两张老脸呢，也叫绸缎耀得光亮、欢喜，精神了许多。羊凹岭这块地方，上了岁数的老人，老衣多是提前就做好了的，提前做，也多是选了绸缎料子。做的样式呢，也是民国时期的，男的是对襟褂子，缅裆裤；女的褂子不是对襟的，是斜襟，裤子也是缅裆裤，裤子外还有裙子。

老头子说，不还得叫个全人吗？

老婆子低头裁剪着，全人？你把村里头的人扒拉下，看能找下个全人不？

咋没有？不过是人都不在屋里嘛。

是啊，人都忙着挣钱哩。

老头子心说，就是自己，也不是全人了，娃和媳妇去年去陕西打工，一车翻下去，两人都没了，把他们的老衣穿走了。要不，他们快八十了，还用得着自己做老衣啊，娃和媳妇早就给他们买好了。

老头子不说话了。老婆子怕他伤心，扯着一块缎子叫他看，说，你瞅这个给我做个棉袄好看不。老头子一看是块枣红色缎子，本色的寿字图，就连连点头。老头子又扯了块绿缎子说，这个给你做个裙子。老婆子就笑了，还不是你选的，非说好看，你没听人说红配绿臭狗屎吗？老头子抖着手里的缎子，关人家屁事，我说好看就好看。老婆子就骂他是犟驴。

老婆子把一件件裁剪了，又在缝纫机前缝纫。老头子呢，叫她安心做，他做饭。

老婆子和老头子一个炕上一个炕下，各自忙着，嘴上呢，就有一句没一句地扯开了。老婆子说着闲话，手里的活儿也不耽搁，一针一线也都是仔仔细细，不打半点儿马虎眼。阳光透过窗玻璃，映在炕上的绸缎上，那些绸缎发出淡淡的光，静谧，妥帖，岁月静好的样子。

拉拉扯扯地做得闰月都快出去了，老婆子把老衣做好了，还裁了两块手帕，一块蓝的上面白道道，是老头子的，她给锁了毛边，叠好，装到一件黑缎子棉袄兜里；一块红的上面绿道道，是她的，一样叠好，板板正正地装到她的老衣兜里。老头子的老衣是一个蓝色包袱，她的是一个红色包袱。看着鼓鼓的两个包袱，包的不是日常的衣服，而是老衣，是再也不能回转身的衣服，也不能染了这世界一粒一丝的尘土。一件件衣服泛着黯淡的光芒，似乎在诉说着，所有的用心和努力都到了尽头，希望到了尽头，爱也到了尽头，是曲终人散良宵将近了，是最后的末路，要退场了，老婆子的心里陡然生出一脱悲凉。

老头子却欢喜地说，大事完工了，咱做几个好菜喝杯吧。

老婆子说，那要看你有没有个心了。

小瘦肉，醋泡花生，凉拌白菜心，香椿炒鸡蛋，辣椒炒肉，老头子样样数数做了一桌子，还熬了一锅白菜粉条子烩菜，是老婆子最爱吃的。

老婆子没想到吃饭时，老头子要穿上老衣，说是要看好看不！老婆子就有些怨怪，我都叠好包起来了，再说了，就是个老衣，又不是走亲戚的衣服，好看不好看有啥呀。

老头子说，等我那天穿上它，就是走亲戚去了。

老头子把里里外外的三身老衣都套在了身上，也叫老婆子试试，说，还挺舒服哩。老婆子不穿，想说穿这衣服时，你咋还晓得个舒不舒服，然而瞅见老汉高兴，就咽了口唾沫，没言语。老头子解了老婆子老衣的包袱，抖开一件，也要老婆子穿，我得记住你穿上老衣是个啥模样，别过了奈何桥，吃一碗孟婆茶，把我吃糊涂，认不出你来了，你也好好瞅瞅我，记住我……

老婆子听着老头子的唠叨，眼就酸了，骨碌碌滚下两行泪。老头子呢，欢喜得好像穿得不是老衣，真的是他走亲戚的衣服。今天呢，也不是平常日子，是他俩的节日，盛大的节日。老婆子悄悄抹把泪，把老衣一件件穿上了。

基因转化

许 锋

一下子，库巴就不是农民了，就是城里人了，有了城里的房子和城里人的户口本。

这个地方几千年前热闹得很，是边塞要冲。经常打仗，秦始皇的兵与成吉思汗的兵打得不可开交——得了得了，库巴，胡搅蛮缠，秦始皇和成吉思汗可差着老鼻子了，他们的兵能打到一起，那真是活见鬼了。

库巴爱开玩笑，有时跟孩子，有时跟妻子，满嘴跑拖拉机，大家听着来劲。库巴祖辈没离开过黑川，黑川这个名字不好听，很怪，有点儿吓人。老有沙尘暴，沙尘暴一来天就黑了，如同整个世界瞎了眼。沙尘暴能卷走整只羊，能掀了房子盖儿，有一次还差点儿卷走库巴。他正把羊往圈里赶，沙尘暴就卷过来了，库巴想往屋里钻时已来不及了。他钻进羊圈，趴在一头羊身上，死死地抱着那头羊，一瞬间，感觉要被沙尘暴"拔火罐儿"，抽走。沙尘暴虽然脾气火爆却不恋战，几分钟的工夫就到别处肆虐或消失于自然中。库巴搞不清楚沙尘暴从何而来，刮风就刮风呗，怎么就能刮起那么大的风，风怎么就那么黑。

黑川四面有山，但都不高，山上无树，也没几颗石头，都是土山，土山包。山上夏天不长草，黑川干旱缺水，一个夏季偶尔下点儿小雨，雨点滴到山包上噗噗直冒烟儿，连皮儿都没润湿，阳光就迫不及待地露出狰狞的面目。这样的山包一遇到大风，能被卷起一层皮，就像秃头男人戴的假发被凶悍的女人揪扯下来。

库巴和乡亲们都上了楼，上了楼就不再害怕沙尘暴了。可是羊怎么办？猪怎么办？库巴舍不得丢掉那些羊，尤其那头与他患过难的羊。乡亲们也舍不得猫啊狗啊。猫啊狗啊好说，城里人都养宠物，库巴他们当上城里人后，当然也可以养宠物。但羊啊猪啊那么大、那么多，要是上了楼可热闹得很。

但是不让它们上楼，它们去哪里？卖了省事，宰了也省事，可库巴根子上是庄稼人，骨子里也是庄稼人，血液里都是一股子土腥味儿。就是庄稼人。上到天上，还是庄稼人。庄稼人怎么能不养羊、养猪？那闲着干啥去？

库巴试着把羊往楼上赶。羊倒是听话，但电梯里的空间那么窄，能装几个人，装不下几头羊，人是杆子一样站着的，羊是木头橛子一样横着的，羊比人占地方。把七八头羊赶到楼上，赶进客厅，比上山包放一次羊还费劲。库巴原来的庄子大，地多，分到的房子也多，自己住一套，出租一套，还空着一套。羊可以在空房子里落脚，但羊不习惯水泥地，那不接地气，没泥味儿，水泥是什么味儿？羊非常焦躁，咩咩地叫。库巴的窗子不敢关，大夏天的，热死了羊，可不得了。他的羊一叫，小区里的羊都跟着叫，遥相呼应。接着猪也开始瞎起哄。还有鸡鸭猫狗。整个小区跟马戏团似的。

小区是有物业的，库巴的羊和乡亲们的猪之所以能上楼，那是因为小区刚刚交付使用，物业管理人员还不到位，仅有的几个物管顾得了东头顾不上西头，顾得了上头顾不了下头，但是不管不行，头儿扣工资。物管跟兔子似的窜半天，结果还是羊上了楼，猪上了楼，鸡鸭猫狗全上了楼。物管站在小区正中央，仰头往上看，月光如水，各窗子里丢下哈哈哇哇的石头蛋子一样质朴的笑声。

物管头儿给局长出主意，买上几大包耗子药，出一个药一个，出一个药一个，全药死得了。局长瞪了物管头儿一眼，敢情你小子够狠，我先把你药死，你这不是激化矛盾吗？你陷我于不仁不义，我也是黑川人！

没有更好的办法。

但尸横遍野的局面局长想都不敢想，都什么时代了，他一个小小的局长又不是秦始皇，哪里敢搞焚书坑"猪"！

局长找到动植物基因转化研究所所长。研究所有一项最新成果，可以在动物和植物之间进行基因转化。按照目前的科研水平，从植物转化为动物尚有难度，但从动物转化为植物，完全可以做到。

局长问，转化后可以复活吗？

女所长说，理论上是可以的。

局长又问，这算不算杀戮？

女所长不满地说，开玩笑，这怎么算杀戮？这是物种之间的转化，就像人是从哪里来的——不要误会，我说的不是那个意思，人最早就是一粒尘埃，或者是上帝用泥捏成的小人儿，或者是一个没脸没鼻子没性器官的因子，但您看您现在，堂堂的管着很多人的局长。

这天夜里，库巴和乡亲们在睡梦中突然闻到了一股刺鼻的气味，有点儿像火葬场烧人的味儿，也有点儿像焚烧垃圾的味儿。但跟那回沙尘暴肆虐一般，时候不大就过去了。

　　一夜醒来之后，库巴和乡亲们像换了个人似的，一点儿都不记得那些羊啊猪啊猫啊狗啊，却发觉小区里多了许多植物，乔木，灌木，海棠花、月季、油松、紫丁香、白蜡、牡丹花，争奇斗艳。

　　真好看。

　　库巴站在灌木丛旁边说，来，给我照张相。

假　酒

欧阳明

父亲很快就七十岁了。

为拉扯我们五兄妹，父亲从未庆过生。如今在老家，婴儿足月满岁都要大操大办，父母逢十不做生，为儿为女的是要被人笑话的。

等您六十岁，一定热闹一场！我们五兄妹曾经对父亲说。在老家，讲究"男做进，女做满"，男人满十必须提前一年祝寿，否则，会不吉利。

到时，我一定买两瓶五粮液！我信誓旦旦地说。当时，我刚大学毕业，一穷二白，却血气方刚，坚信面包会有的，一切都会有的！

孰料从那以后，工资不涨物价涨。由于结婚、添子和工作调动，我虽一分钱掰成两分钱用，还是扎扎实实欠了一屁股的债。到父亲六十岁的时候，根本就没钱买五粮液。

等你七十岁时，我一定买！我说，依然坚信明天会更美好。

买啥，有那个心就够啦！父亲说。

再之后的日子，国家经济迅猛发展，工资大幅上调，本以为水涨船高，我也能享受改革开放的成果了，但不断飙升的房价和学费，却让我在贫穷的沼泽中越陷越深。

父亲患有肺气肿，身体一日不如一日，要是再不兑现承诺，我担心机会会越来越少，为此，我为买酒的事愁得焦头烂额。

好在天无绝人之路。出差到市里，无意间见市工商局在大街上处理查获的假五粮液，二十元一瓶。我毫不犹豫就买了两瓶。

妻见了先是高兴，接着是遗憾，说，可惜是假的。

酒假心不假嘛！再说现在喝过真五粮液的又有几个？我说，一半是自我安慰。

唉！总觉得有点不好。妻说。

父亲不是外人，就算知道了也不会计较的。等今后有钱了多孝敬孝敬他就行了。我说。

父亲七十岁那天，远亲近邻挤满了院坝，很是热闹。

父亲格外精神，见我拿出两瓶五粮液，更是喜出望外。客人们都夸父亲好福气，有一个在县城工作的孝顺儿子。我啥也没说，只是傻笑。

午饭后，我和妻都要赶回县城。走时，父亲拿出那两瓶酒，低声说，拿回去吧，留着求人办事用。

专为您买的。辛苦了大半辈子，尝尝是啥味儿嘛！要办事，另外去买。我打肿脸充胖子。

这么贵的酒我想喝也喝不下，我呀，天天有点散酒就满足了。再说，几元钱一斤的散酒喝惯了，喝好的还不顺口哩！父亲乐呵呵的。

你们有这片孝心就够了，何必大手大脚的呢！母亲笑着责备。

拿去吧！父亲说。

我坚持不拿。

这酒是假的！这时儿子在一边说，一副等得不耐烦的样子。

我又恼又怒，啪啪就给了他两耳光，心里后悔不该和妻子当着儿子的面说酒的事。

父亲一怔，接着握着瓶子摇晃了几下，再把瓶子底朝天看了一会儿说，胡说！这酒稳得住细泡，是真的！

既然你不拿，我就留下喝吧！父亲又说，依然很高兴的样子。

我和妻总算松了口气。

回城后，我借了点钱汇给父亲，并写信道明了一切。

不久，我收到了一张汇款单，钱是父亲汇来的；还有一封信，是父亲写的。信中说，那酒是假的，当兵时我学会了五粮液的鉴别方法，但当时有那么多人在场，不能说。不过，那酒的味儿还不错。城里喝水都要钱，今后就不要再给家里寄钱了。到什么山上唱什么歌，要活得像个城里人，不要被城里人笑话。我穷惯了，有钱无钱一样活。还有，孩子还小，下手不要那么狠。有空就多回来看看你娘。

看完信，我禁不住泪流满面。

锅

宋志军

父亲咽下了最后一口气，儿女们几乎同时扑到父亲的床前，一片哭声顿时响满了整个楼道。但同时，每个人的心里也仿佛放下了一块大石头。

父亲患的是癌症，快两年了，能够撑到今天已经是奇迹。所以，对父亲的死大家并没有太多的意外。

子女们都很孝顺，常言说久病床前无孝子，但儿女们并没有这样想，相反，他们对久病的父亲还怀有感激。

是父亲给了他们尽孝的机会，而且让他们有时间适应父亲离开的现实，不致让他们在这个时刻真的到来太过悲伤。

然而，在经历了短暂的悲痛之后，大家的心事就像藤蔓一样快速地蔓延开来，四面八方，各不相同。

心事来源于父亲如何安葬。

父亲的家庭很复杂，他的膝下虽有二男五女，但却非一母所生。父亲早年丧妻，原先的妻子给他撇下一儿一女。父亲再婚的时候，再婚的妻子也已经有一个女儿，二人结婚后又先后生育了四个子女。

尽管家庭构成很复杂，但半个多世纪以来，这个大家庭一直很和睦。父亲和再婚的妻子十分恩爱，七个孩子也相亲相爱。从小到大，一直到各自成家，几乎没有红过脸。

很少有人知道他家的故事，那些知道的人也都是暗暗佩服父亲持家有方，也称赞母亲的宽宏大度。

可如今大家的心思却集中不到一个地方了。大儿子和大女儿的心思在一块儿，想要把父亲和先前的母亲葬在一起。底下的五个子女则希望父亲单独葬在一个地方，好等现在的母亲百年之后和父亲葬在一起。

他们各自怀着不同的心思，却谁也不开口，就在那里暗暗地较劲儿。

最后，在族叔的主持下，决定把父亲葬入祖坟，但也不和先前的妻子葬在一起，而是单独起坟头，等到现在的母亲去世后，再把他们的坟头拢在一起。族叔一向德高望重，儿女们自然无话可说。

父亲的丧事办得很隆重，一大帮孝男孝女排了很长的一大队。

可是，最终还是出了问题，不知道是大儿子和大女儿的私下安排，还是筑坟人的疏忽，父亲的坟头和先前妻子的坟头拢在了一起。矛盾由此而起，大儿子和大女儿与几个弟弟妹妹们闹得不可开交。

这些事情发生的时候，母亲一直蒙在鼓里，她也是年届八旬的老人了。老伴儿的去世让她很伤心，但她又很平静，一直待在家里，让儿女们去操持老伴儿的丧事，没有去过问什么。

当她听到儿女们为了老伴儿的坟头发生了争执的时候，坐不住了。半个多世纪以来，母亲早已把七个儿女都看成是自己亲生的，她珍惜这个大家庭，深爱着每个子女。

这一天，母亲把孩子们叫到一起，拿出一只青花大碗来，缓缓地给子女们讲起了一个过去的故事。

很久以前，一个年轻的铜匠拉着一对年幼的儿女走街串巷，靠着为人家铜盆铜碗度日，他不久前刚刚失去了妻子。

村子里有一位年轻的寡妇，也是独自拉扯着一个年幼的女儿，日子过得很艰难。

年轻的铜匠上门的时候，女人刚刚不小心打烂了一只青花大碗，就拿出来让铜匠来铜。铜匠细心地把碗铜好后，交给女人。

当女人要给铜匠钱的时候，铜匠轻轻地把女人的手推回去，眼光悠悠地看了女人一眼。

当铜匠第九次登门时，正是一个大雪纷飞的晚上。那晚，铜匠和女人住在了一起。铜匠的孩子也第一次有了温暖的被窝。

从那以后，铜匠和女人的家庭不断扩大，成为当地让人羡慕的人家。

母亲讲着，拿出那只青花大腕，上面有一行弯弯曲曲的铁钉牢牢地扣在碗上。

此时，母亲发话了："孩子们，几十年了，咱们这个大家庭尽管也有不少磕磕绊绊，但我和你们的父亲每当看到这只青花大碗，我们就会记起一个道理，有了裂痕不怕，铜在一起就还能用。我可不想看到你们为了一个土堆子，把亲情弄得四分五裂啊。"

儿女们看着此碗，再听着母亲的话，一个个羞愧难当，不禁痛哭失声，相互抱在了一起。

暴雨将至

三 石

才歇了没几个小时，又乌云密布了，显然是暴雨将至的前奏。此刻，邹志坚带了两个人驱车前往清水乡，心情如天空一般阴沉。

邹志坚去清水乡带乡长郭玮。一个县纪委副书记去带一个乡长，谁都明白是什么意思。

不一会儿雨便落了下来，顷刻间便成滂沱。雨这么下，清水不会涨大水吧？邹志坚有些担心。随行的办案人员说，不会吧，清水只有一条河，只要上游洪峰水库不泄洪就没事。

虽然雨很大，但路还好，不过三四十分钟，便到了清水乡。

郭玮正在办公室打着电话，看到邹志坚时脸色就变了，甚至忘记了打招呼。他叹声气，喃喃地说，要来的早晚会来。

原本带人就没有什么客气话好讲。邹志坚安排两个办案人员一左一右带着郭玮准备走，刚出门，郭玮的手机响了。郭玮将手机递给邹志坚看，是防汛办打来的。在邹志坚示意下，郭玮接了电话，原本阴郁的脸越发地沉重了。郭玮说，邹书记，洪峰水库出现重大险情，两小时后泄洪，得马上组织黄源村群众紧急疏散。

邹志坚表情严峻起来，马上给领导电话汇报，然后对郭玮说，你立即组织安排群众疏散，其他事待会儿再说。

郭玮回到办公室，立刻像换了个人，几个电话，将所有乡干部集合了，简洁明了地安排了任务，然后对邹志坚说，我得去黄源现场指挥，你们……

邹志坚说，一起吧，兴许我们也能帮上点儿忙。

黄源村地处清水河旁，地势低洼，洪峰水库泄洪，村庄必将淹没。郭玮带着乡干部火速赶到黄源村，马上挨家挨户上门通知群众撤离到附近的高地，邹志坚一行则寸步不离地跟着郭玮，一起帮着群众搬东西、牵牲口。在郭玮的指挥调度下，一切都井然有序，紧张而不慌乱。邹志坚看着，突然有些惋惜。

离预定的泄洪时间还有十分钟，村里群众已全部撤离。郭玮还不放心，带着几个人再次进村搜寻了一遍后，给防汛办做了汇报。

没过多久，清水河的水位上涨起来，渐渐漫过河堤。就在这时，一位老人匆匆跑过来，拉着郭玮的手急得说不出话来。细一问，原来老人五岁的孙子突然不见了。老人说，他孙子跟他一起出村后，说变形金刚没带，吵闹着要回去拿。郭玮说，老人家，你不要急，我进村去找你孙子。

邹志坚拉住了郭玮，说，我和你一起。

郭玮说，邹书记，你放心，我不会跑。

邹志坚说，我不是这个意思，你能进村，我也可以。

嗯。两人不约而同地击了击掌，往村子里跑去。

水已经进了村，两人蹚着水一边找，一边唤着小孩的名字。好大一会儿，终于在戏台上找到了小孩。小孩拿着变形金刚，戏着水，丝毫没有意识到危险的到来。

而此时，水已经差不多齐腰了。郭玮赶忙抱起小孩，招呼邹志坚一声，走。两人快速朝村外蹚去。

水位急剧上涨，到处一片汪洋，不一会儿便漫过头顶。小孩这时知道害怕了，大声哭喊，双脚乱蹬。好在邹志坚、郭玮都在水边长大，水性还好，两人奋力带着小孩往高地游。离高地只有一丈远时，水流越发湍急，费尽力气也游不过去。正在紧要关头，一根竹竿递了过来。小孩跟邹志坚刚爬上高地，抓着竹竿的小伙脚下打滑，竹竿脱了手。郭玮没有丝毫准备，瞬间便淹没在急流中。

那一刹那，郭玮心里突然冒出一个念头，完了，这回完了。突然感觉手上滑过什么，郭玮本能地伸手抓住，却是一根树枝。然而，这根细小的树枝根本不能承受郭玮的身体，支撑了十几秒钟便訇然断裂。电光火石之间，一只手伸了过来。是邹志坚，他将整个身子缠绕在树干上，在树枝断裂的瞬间，抓住了郭玮。

一个在水中，一个在树上，两只手紧紧地攥在一起。

雨渐渐地停了下来，雨后的山野清新爽目，邹志坚跟郭玮席地而坐，向身旁的人要过两根烟来，吞云吐雾，都不说话。

一会儿，邹志坚将烟熄了，站起来说，郭乡长，黄源村善后的事处理完了，自己来县纪委吧。

郭玮笑了，说，你不怕我跑喽？

邹志坚说，不怕，你今天救人，又何尝不是在拯救自己。我相信你，你一定会继续拯救下去的。

邹志坚拍了拍郭玮的肩膀，招呼那两个办案人员，头也不回，一路而去。

雨又落了下来，飘飘洒洒的，已不是那般粗犷。郭玮摸了摸脸上的雨水或是泪水，招呼几个班子成员……

被淘空的村庄

周齐林

唱歌的女人

天刚擦亮，女人就醒了。醒来的女人躺在床上，一动不动地望着天花板，再也睡不着了。女人一骨碌起床，紧接着去米桶里舀了两大碗米。米淘好放在火炉上时，女人仿佛发现了什么，又从饭锅里舀出一些米，放在一旁。

走出厨房，女人搬了个凳子坐在院子里。清晨的风从山谷里吹来，吹在庭院的小柳枝上，吹落了柳枝上最后一片枯黄的叶子。晨曦逐渐把残留在每个角落的黑暗吞掉，亮光开始蔓延开来。女人坐在板凳上望着那一片枯黄的叶子在风里摇摆着落下地来，起身走上去把那片叶子捡起来，放在手心。女人右手托着叶子匆匆跑进屋，把它夹在一本还散发着油墨香的书里。

天完全亮起来时，女人终于把这几天积累起来的一大盆衣服洗完了。女人细心地把它们晾晒在院子里。衣服不怎么脏，女人却失了神似的冲洗了五六遍。搭完衣服，女人坐在小板凳上。女人双眸一动不动地望着庭院里那些水淋淋的衣服，脸上不时流露出微笑来。

吃完早饭，女人站在门前张望了一会儿，又进屋去了。四周静悄悄的，偶尔有一声犬吠声从小巷深处传来。女人打开黑白电视机，整个身子凹陷在不远处的椅子里，电视机里三个女人正叽叽嘎嘎说着什么。女人看了一会儿，不知怎么就睡着了，醒来时电视机里一对情侣正亲吻着。

女人啪嗒一声把电视机关了，就出门了。女人去找小兰玩。到小兰家，却看见门紧闭着。这家伙去哪了？昨天还看见她呢。女人疑惑着往回走，回到家扛着锄头就上山了。

山上静悄悄的，只听见山风呼呼地吹着，从这个角落跑到那个角落。女人锄了一小片杂草，额头上就满是汗水。自从那年动了大手术，女人已经好几年没下地了。女人动几下锄头，就望一眼四周。山上就她一个人，此外就是密密麻麻的坟墓，女人不知道村里人都跑哪里去了。女人想着想着，就唱起歌来，女人一闲下来就唱歌，女人觉得那是青春的延续。只是女人的声音变了样，歌声在山谷里回荡着，带着一抹苍凉。

捡破烂的老人

晨曦微露，老人就起床了。菜园子里的辣椒还带着露水，老人挑着摘了几个，又挖了棵大白菜。屋子还淹没在黑暗里，老人没拉灯，点了根蜡烛。豆子炒辣椒，大白菜炒肉，这两道菜一会儿的工夫就弄好了。老人把菜端上桌，就着大白菜下饭，肉一筷子都没动。豆子炒辣椒，她牙齿咬不动，就一直搁放着。

吃完饭，把菜放在锅里热着，老人就挑着两个竹篮出门了。老人每天都出去捡破烂，这是她的营生。一天下来，少能拿个七八块，多的时候能翻一倍，拿个十几块。

出来大半天了，老人只在几个垃圾堆里捡到三双掉了底的鞋。"收破烂了，收破烂！"老人只好扯起嗓子，吆喝起来。没人应，只听见风在村子的各个角落游荡的声音。老人挑着篮子继续走了几步，发现前面那户人家的院子里摆放着一堆啤酒瓶。老人走上前刚想问有人没，一条黄毛大狗蹿了出来，凶狠地向老人吠着。老人见了，望了望庭院的啤酒瓶，只好转身离开。

一天下来，老人从这个村穿到隔壁那个村，看见许多人家的门都紧闭着。老人不知道这些人都跑哪里去了，老人只看见几个年纪和他相仿的老人坐在院子里晒太阳。

黄昏时分，老人把捡到的破烂卖了，得了六块钱。老人匆匆往家赶，回到家，两个孙子正在把锅里热的菜端上来。

大孙子见了老人，说，奶奶，我爸刚才打电话来了，说他今天给我们寄了六百块钱。

满脸疲惫的老人只哦了一声。

瞎子和哑巴

十多年前，我的眼睛就瞎了。我睁着眼睛，透过细小的缝隙，也只能模糊地看见外面的世界。我不仅是瞎子，而且是聋子，只能听到那么一点点声音。我常常一整天坐在楼顶望着村庄的一举一动。这一望就是几十年，我从一个健壮的年轻人变成了满头白发的老人。今天我坐在楼上，只看见两个人在村里四处跑动着，村头的那个女人，还有那个捡破烂的老人。村头的那个女人叫春娇，我知道她前几年得了重病，现在一整年一整年就她一个人待在家里。她男人和两个儿子都去外面打工了，只过年回来一次。早上她去找六队的小兰时，我就想告诉她小兰昨天晚上扛着行李出去打工了。可是我说不出话来，谁叫我是哑巴呢！

　　天黑了，我还不想进屋去。我能听见风在空气里发出的细微声响，我忽然发现我的耳朵好了很多。因为许多年前的那些晚上，我只能听见从村子的各个角落发出的热闹而响亮的声音，而那些细微的声音总是离我很远。

　　我不知道许多年后的今天，那些响亮的声音都跑到哪里去了。

当一回县长

朱占强

离下班时间还有半个小时……

笃、笃笃，县长办公室的门被敲响了。

进来。县长说。

张奎推开门，哈着腰走进屋里。

县长问，有什么事？

张奎说，您是侯县长吧！我叫张奎。是这样，咱农村不是已经费改税了吗？现在我们那儿还是乱收费。上个月收建校费，说是捐，每位村民二十元。

县长说，张奎，你不捐不就是了。

张奎说，不捐不行，谁不捐，村主任用喇叭吆喝谁的名字。村主任还说，谁不捐，收回谁承包的责任田。

县长问，张奎，你捐了吗？

张奎说，捐了。俺一家四口人，八十元……心里虽然不愿意，还是捐了。

县长说，你们的村委主任真是无法无天。他有什么权力收回农民耕种的责任田？你回吧，张奎，明天我去你们村解决乱收费问题，收的钱全部退还。

谢谢县长！

张奎哈着腰退出了县长室。

笃、笃笃，县长办公室的门再一次被敲响。

进来。县长说。

马跃进推开门，哈着腰走进屋里。

县长问，有什么事？

马跃进说，您是侯县长吧！我是提角乡寨沟村小学校长马跃进。我们学校的教室有一半是危房，阴雨天无法正常上课。我向有关部门反映了许多次，每次都答复"快了"。请问县长，"快了"究竟是多长时间？

县长说，马校长啊！你们提角乡去年上报县里的年终工作总结材料上写得明明白白，全乡教育设施已 100% 达标，怎么会有危房呢？如果你反映的情况属实，我以我的人格担保，半年内给你们建一座教学楼。

谢谢县长！

马跃进哈着腰退出了县长办公室。

笃、笃笃，县长办公室的门第三次被敲响。

进来。县长说。

钱富贵推开门，哈着腰走进屋里。

县长问，有什么事？

钱富贵说，您是侯县长吧！我叫钱富贵，是县政府新办公楼建筑工地的民工。我们民工辛辛苦苦干了半年多，工程马上要竣工了，至今还没有领过一次工资。

县长拍案而起，气愤地说，真是岂有此理！关于拖欠民工工资问题，是我们政府工作的重中之重，也是关系到社会稳定的焦点问题，我保证——

门"砰"的一声被撞开，张奎慌慌张张地闯了进来。张奎压低嗓子朝"县长"喊，侯三，别闹了，工头儿来了！

走廊里响起脚步声，有人叫骂着走过来，下班不去工棚吃饭，你们日弄啥哩！如果误了政府新办公楼的工期，谁也别想领一分钱的工资！

侯三一手拿锤子，一手拿钉子，从县长办公室里走出来。钱富贵把椅子扶稳，侯三踩上去，给"县长办公室"的门牌补上一根钉子，冲走过来的工头儿笑说，这不，活儿还没干完嘛！

工头儿领着民工们朝楼下走。到了楼梯拐弯处，侯三回过头，恋恋不舍地朝县长室的门牌望了一眼。

遍地战壕

季 明

那时候，老兵还是个十七岁的新兵。

到了部队，就开始挖战壕，这活儿累，黄土还行，若遇上山石地，就遭罪了，一镐下去，只刨出个鸡蛋大的白印，虎口却被震得发麻。老兵手上满是血泡，泡起，磨破，再起，最后成了老茧。

对此，老兵很有意见。他说，当兵练好枪就行，他是来杀日本鬼子的，不是来卖苦力挖水渠的。老兵认为，挖战壕，其实就是挖水渠。

老兵就开始消极怠工。

战壕挖好后，连长要检查。连长是东北人，黑大个儿，挎着把盒子炮，每走一步，那盒子炮就会荡起来，然后，"啪嗒"一声，又拍打在屁股上，仿佛一只破拖鞋，不停地拍打着光脚板儿似的。一听见这声响，老兵就知道连长来了，赶紧抬头、挺胸、立正，笔直地站立在自己挖的战壕旁。

连长步子很慢，双手别在身后，握着一把小工兵铲，一上一下地晃悠。连长看见老兵敷衍了事挖出的战壕，火苗腾地蹿上来，脸就更黑了，抡起小工兵铲，在老兵头上"咣咣"地敲。

"你个瘪犊子，找死啊！"连长骂。

老兵戴着钢盔，工兵铲拍在上面，脑袋不痛，但那"咣咣"声，却震得两耳嗡嗡响。老兵不服，大声说："长官，俺是来杀鬼子的，不是来挖水渠的！"

连长愣了一下，绕着老兵转了两圈，说："吧——小王八犊子，来杀鬼子啊？要是没了命，咋杀？"

连长揪着老兵的耳朵，一指战壕，吼道："战壕是保命的，记着，它，就是你的命，重复一遍！"

老兵"啪"的一个立正，就吼了起来："战壕，是俺的命！"

接下来，老兵只好认真地挖战壕，毕竟，工兵铲拍在脑袋上的滋味不好受。战壕挖成后，还要掏防炮洞。

跟鬼子干了一仗后，老兵就发现连长的话是真理。那天，鬼子开始进攻了，连长观察了一下，大声地喊："防炮啦！"

连长声嘶力竭地喊："防……炮……啦……"

在连长的吼声中，士兵们纷纷钻进防炮洞。瞬间，鬼子的炮弹就铺天盖地砸过来，接二连三地爆炸，一时间地动山摇，火光冲天。老兵哪见过这阵势，抱头缩在防炮洞里，筛糠一样地抖。

炮声一停，连长立马跳出去，喊："上战壕！玩命啊！"

连长又声嘶力竭地喊："上战壕！玩……命……啊……"

老兵没有出去，抱头缩在防炮洞内，抖成一团。

鬼子的进攻被打退了，连长冲过来，一把将老兵提溜出去，抡起工兵铲，在他头上"咣咣"地敲，骂："王八犊子！"

连长一边敲一边骂，敲一下骂一句"王八犊子"，半晌，才喘着粗气停下手。老兵蹲在地上，两耳嗡嗡响，也不知是炮震的，还是连长敲的。

连长吼:"站起来!"

老兵趔趔趄趄地站起来。连长揪着他的耳朵,一指战壕,吼:"这里不是乌龟壳,它,是老爷们儿玩命的地方,重复一遍!"

老兵立正,就吼了起来:"战壕,是老爷们儿玩命的地方!"

几仗打下来,老兵就记住了连长的话,战壕不仅保命,更是男人拼命的地方。于是,他在连长"防炮啦"的呼喊里,进防炮洞;在"上战壕!玩命啦"的吼叫中,跟鬼子拼命。

战壕,一条条地挖;仗,一场场地打;身边的兄弟一茬茬地倒下,新兵们又一茬茬地补进来。老兵就真的成了老兵。

跟鬼子一路打下去,天南地北,到处都有老兵挖的战壕……

许多年后,九十多岁的老兵,在孙子的搀扶下,来到一处战场遗址。这里战壕犹存,只是被淹没在了荒草丛中。

拨开荒草,老兵下到战壕里,突然发现有一个防炮洞还在。他弯下腰,艰难地钻进去,静静坐着,倏地老泪纵横。他想起了连长。

连长就牺牲在这里。那天鬼子的炮击开始时,几个新兵吓傻了,站着没动。连长冲过去,一发炮弹就落在了他的脚下。

老兵看见,在爆炸声中,连长消失了,只有那把工兵铲飞在空中,车轮般翻转着,然后,落下,笔直地插在地上……许多年来,那把工兵铲,一直在老兵的脑海中翻飞。

老兵走出战壕,站在山坡往远处眺望。恍惚间,枪炮声在耳边响起,硝烟和那把翻飞的工兵铲,又在眼前浮现。于是,他握紧拳头,深吸一口气,学着连长的样子,大喊一声:"防……炮……啦……"

四面的群山荡起阵阵回声:"防……炮……啦……"

一个老兵的签名

樊碧贞

新兵下连时，他被分配到卡苏里哨所。

其实，他最想去汽车连。开墨绿色的大汽车，在高原上奔驰，多带劲。不过，现在这个愿望是无法实现了，他要随给养车上哨所。

已是 6 月。透过车窗他却看到了远处山顶上的积雪。他突然兴奋地哼起了歌儿。司机直摇头。

车不能往前开了，他必须徒步上山去。凝神一望，他不禁吃了一惊。来时的路全悬在峭壁上。一只被惊起的鹰掠过他的头顶，顺着岩壁冲向峰顶。

我也会上去的。他攥紧了拳头。

他浑身是劲。真得感谢新兵连那阵儿的队列、擒敌、战术和体能训练。那时候的训练很苦，一天下来，大家趴在床上不想动。有的兵上厕所蹲下去，就起不来，非得旁人架着胳膊，才能站起。他很用功，各项考核都是优。

有备而来，自然不怕。终于，他看到了哨所前迎风飘扬的红旗。他想再往前走几步，却挪不动脚。胸腔里的肺如同炸裂般难受，以至于他不得不弓着身子蹲下去。那一刻，他明白了司机为什么摇头。

有个人迎了上来，立正，军礼。没有过多的介绍，两双手紧紧地握在了一起。然后，他背上的背包被取了过去。

别紧张，这是高原反应，过一阵子就没事了。他知道，说这话的是老兵。

哨所只有他和老兵。听给养车的司机说，老兵已经在这里守了四年零六个月。按例，每两年这里就会送走一位老兵，也会迎来一位新兵。他很纳闷，老兵为什么不挪动地方。

哨所的生活很单调。每天天一亮，老兵就带着他去巡山。

老兵总走在前面，背挺得很直。他做不到，已经上来一段时间了，但每次巡山到这里，他还是感到呼吸困难，头痛。他很奇怪，黑瘦黑瘦的老兵，脚下怎么就那么有力。

这里，是卡苏里哨所的最高处。

每次走到这里，老兵都会歇上十来分钟。老兵招呼他上去。他总是摇头。那顶上除了有雪，什么都没有。不过，老兵上去了，站成了一棵笔直的树。

等老兵下来，他把自己的感觉说了，老兵只是憨憨地一笑，你上去就知道了。

那上面究竟有什么呢？非得要上去才知道。

老兵不愿说，他也不好强求。只想，等自己感觉好些，一定上去看看。

有一天，他忍着不适，爬上去了。顶上却什么也没有。他有些生气，责问老兵为何捉弄人。

老兵不生气。拉了他一把，站这看，往远处看。

看到什么了？

只有连绵不断的山。

还有什么？

茫茫的雾。

还有什么？

没有了。

怎么会呢？

应该看得见竹篱小院，屋旁有高高的草垛儿，还有两只母鸡躲在草垛下。旁边，青竹竿上有还在滴水的衣裳……

可是这些，他根本没有看见。该不会是老兵的幻觉吧。

他攥了攥老兵的胳膊。老兵回过头来，眼里竟然有了泪花。

莫不是老兵想家了？他的好奇心一下子上来了。

那个竹篱小院是你家？

老兵先是摇头，后又点了点头。

他更是一头雾水，想再问点儿什么。老兵却说，回去吧。

他跟在老兵身后，从夏天走进冬天。

下雪了，好大的一场雪。躺在哨所里，也能听到外面雪花飘落的声音。他睡不着，他知道老兵也没睡。

也不知道咱老家下雪没有？他自言自语。

想家了？老兵搭话。

有点儿。你呢？

想。

你在这儿都四年多了，已是超期服役了。为什么不下去呢？

老兵没有回答，却给他讲了一个故事。

在老兵还是新兵的时候，这哨所里也有一个老兵。那个老兵每天也带着他去巡山。每次也总走在他的前面。老兵的背挺得很直。老兵每次经过山顶的时候都会待上十多分钟。他跟着上去看过，什么都没有。

我看到的跟你一样。他接过话茬。

但那个老兵看到的不一样。

为什么呢？

当你心里装着一个地方，再远的地方都能看到。

那个老兵呢？

他永远守在了这里。本来，开春他就要下山去的。那个竹篱小院等着他。谁知道下了一场大雪，我们去接应山下送来的给养，他走在前面，意外地滑下去了……老兵的声音有些哽咽。

他接过照片，真的就看到了那个竹篱小院、高高的草垛儿，还有两只母鸡躲在草垛下。旁边，青竹竿上有还在滴水的衣裳……

背后有一行字：守好这个家。落款：老兵！

距离一米看孙子

安晓斯

接到儿子从那座大城市打来的电话，张叔和张婶就没睡好过觉。儿媳生了个大胖小子，这在我们农家可是大事。说啥也得去看看我们那大胖孙子。张叔和张婶没事就唠叨这话题。

儿子张晖算是真争气。大学毕业后，顺利在那个城市找到了一份不错的工作。听说那个城市很大，距离老家千把里。工作了一年多时间，儿子就报喜来了，说在那个城市找了个对象，叫楚雪，家里就她一个女儿，条件很不错。张叔就说，那我和你妈去看看，替你把把关。张晖就说爸妈你们别来了，这么远的路。回头我带她回老家一趟。张叔和张婶就一直等啊等。

终于等来消息了。是儿子准备结婚的消息。这可是大事，张叔和张婶就告诉儿子准备去一趟。儿子说，爸妈你们别来了，回头我带她回老家一趟好了。还有，把咱家的旧房子拆了，再盖一次，人家是城里的姑娘，回去也得有个干干净净的地方不是？

张叔一咬牙，卖了猪卖了粮食，就拆了旧房盖了新房，还更换了所有的家具。儿子电话来了，说结婚就不回去了，楚雪家把啥东西都准备好了，房子、车子也都买好了，不用咱家花

·201

钱。张叔不听,那咋行?咱必须得拿点钱。两天后儿子打来电话,楚雪家把在地下停车场买车位的事让给咱了,爸妈你们就汇五万元钱好了。后来,张叔和张婶才知道,他们花五万元购买的车位,实际上就是用白漆画的一个长方框。

张婶就开导张叔,孩子在大城市里结婚,咱不去也行。咱农村人知道啥,弄不好还给咱孩子丢人呢。张叔听了点点头,这老婆子说得有道理。

儿子终于打来电话,说结婚日子定下了。楚雪家里人说了,路太远,爸妈你们就别过来了。结过婚,我抽时间带楚雪回去一趟。

张叔和张婶就在家里等。每天,老两口除了干农活儿,回到家就开始收拾房间,扫啊抹啊,虽然累点,可是真的很高兴。

儿子终于又打来电话了。火车票儿子都给头好了。张叔和张婶就按儿子说的,怎么到车站去取票,怎么坐车,怎么出站,在哪等,都一一记下了。坐在火车上,张叔和张婶兴奋得没法说。张婶就提醒张叔,别忘了那两个红包。

下了车,儿子就在出站口等了。到了一家宾馆,张叔说,咱不住这里,我和你妈就在你那住一夜,看看孩子就走了。儿子的双眼就湿湿的。

饭后,张叔和张婶就和儿子一起去看孙子。

进了门,张叔和张婶就看见一个衣着讲究、戴着金边眼镜的女人。亲家,都来了。很亲热的声音。楚雪,快来,你爸妈来了。还是那个女人的声音。张叔和张婶就知道一定是亲家母了。换了拖鞋,儿子就拉着张叔和张婶在一个紫光灯下照了一会儿。

有了孩子,我们从外面回来都要照一会儿,杀菌效果很好的。还是那个女人亲热的声音。坐下来喝茶的时候，张叔就拿出那两个红包来。张婶就说，楚雪啊，这是给你的，10001元，在咱农村老家叫万里挑一。这是给孩子的，8800元，咱老家叫宝贝蛋蛋。别嫌少，是爸妈的一点心意。

闲聊了一会儿，张叔和张婶就提出想看看孩子。亲家母就说，好不容易哄睡了，脚步轻点儿。轻轻地推开卧室的门，张叔和张婶就看见一个罩着粉红色蚊帐的婴儿车。距离一米远时，张婶伸出双臂想抱孙子，亲家母却拉住张婶说，咱今天就不抱了，哄孩子睡着不容易。张叔和张婶就隔着那个粉红色的小蚊帐，在朦朦胧胧中看见了孙子红扑扑的小脸蛋儿。

第二天一大早，哭了一夜的张叔和张婶就来到了火车站。离开宾馆时，张叔没有告诉儿子。他把儿子交的押金留在了服务台，自己结算了房费。

张叔对张婶说，看出来咱儿子有多难了吧。张婶流着泪，点点头。老头子，我眼神儿不好，你到底看清楚咱孙子没有？张叔还没说话，大把大把的泪就涌了出来。

孝 道

晁耀先

老张给阳台上的几盆花浇完水，又仔仔细细剪掉黄叶，看着吃饱喝足、精精神神的花儿，他瘦削的脸上显出一丝笑容。老张退休后，失眠，狂躁，又加上住了一回医院，开了一回刀，迅速地衰老了，像一盆养分不足的花儿，黄黄的叶子，蔫儿吧唧的，没有一点精神。伺候这几盆花，成了他唯一的乐趣。

老张剪完叶子，习惯性向楼下看去，一辆黑色的皇冠正旋风般驶入小区，在楼下吱一声急刹车。邻居那只狗躲避不及，一声怪叫，嗖一下蹿远了。老张骂了一声，你这龟孙子！老伴儿听到骂声，手里掂着切菜刀，跑了出来，瞪着眼说，怎么啦？老张冷着脸说，张总回来了！说完，扭脸往卧室而去，还啪一声关上了门。话刚落地，这边就有梆梆梆的敲门声，老伴儿开了门，果然是儿子。

张总进了门就冲老妈急急地喊，妈，我爸呢？我有事和他商量！老张听到儿子这样急找他，沉不住气，开了房门。老张皱着眉头，拿眼瞟着儿子说，我说张总，你都几十岁的人了，狂什么狂？居民小区就住你一家是不是，你车能不能开慢点儿？

张总咧了一下嘴，笑了笑，没有反掌，要搁平时，老爷子这样冷不防打过的球，他一准狠狠地回过去！

老张退休前是个会计，不挪窝干了快四十年，虽然也知道自己没有多大本事，却怎么也看不惯儿子，整天狼一群，狗一伙，出了东家酒馆，就进西家茶楼，吃喝赌抽，差一点就五毒俱全了。老张怎么也想不通，就这样一个人，居然能开大公司，能当总经理，能开皇冠，能住别墅！自己小心谨慎做人，却做了一辈子的小会计！退休后，老张本身就烦，和儿子说不上三句话就瞪眼儿。他不叫儿子的大名，反倒叫起了张总！

张总不理老爸的训斥，说，爸，你帮帮我好不好，我这一段财务上老是出问题，到现在才明白，这财务的工作非得自己人不可。我准备设个财务总监，主管整个财务工作。爸，你是老会计了，干这个你绝对内行，你就发挥发挥余热，帮帮你儿子吧！

儿子几乎是带着哭腔在求他。老张心里一紧，似乎看到儿子的钞票正哗哗地往外流。老张是有名的一盘清，做这工作那还不是张飞吃豆芽，小菜一碟！老张心里一喜，心想你小子也有求着老子的时候呀！本来准备答应，话到嘴边又硬是让他咽了下去，他依然拧着眉头，阴着一张老脸。

儿子急了，说，爸，打虎还得亲兄弟，上阵还是父子兵呀！帮不帮，你说句话。你要是真不干，我只有另请高人了！

老张一听他说另请高人，马上急了，说，别别别，我帮你！其实老张在家里早待够了，巴不得有点儿事做呢！

老张和儿子第一次站到同一阵线上来了！

新官上任三把火。老张劲头十足，整天戴着老花镜看账本，晚上还跑到公司里加班，连做他助手的小李都受不了！这天，老张又在加班，小李面前摊着账本，手里却拿着手机在玩游戏。老张也看出小李不愿意，说，小李呀，没要求你必须陪我呀！回家去吧。小李说，我又没有成家，回去干啥呀？小李说话的时候看到张总在门口闪了一下，赶紧跑了出去。这时突然停电了，他只得返回来，打开了应急灯。老张看着窗外的灯光说，这别处怎么没有停电呀？小李说，可能是保险丝爆了吧！老张只好悻悻离去，在楼下正好碰到张总，一同回了家。

后来，只要老张晚上加班，保险丝总会在适当的时候爆了。时间久了，老张把儿子悄悄叫到一边说，你把小李调别处吧，这家伙太捣蛋了！只要我加班，给他派点活，这保险丝准爆，肯定是他干的！张总笑笑说，不可能吧？他不敢！这一段公司几个小伙子老用电炉取暖，电量超负荷了吧！

转眼几个月过去了，老张的腰挺直了，失眠症也不治自愈了，就像那盆上足养分、浇足水的花，非常精神。他把公司几年的账目都看了一遍，并没有像张总所说的那样。财务有纰漏，但并不多。但他还是做了好几本笔记，拟了一份财务管理方案书。

当老张把那份财务工作管理意见书交给儿子时，突然晕倒了。张总再次把老张送进了医院。医生对张总说，这真是个奇迹呀，一个癌症晚期病人居然能存活这样久，真是少见！

老张躺在病床上，意识到自己的病可能不行了。上次住院，他问儿子、问医生、问老伴儿，到底也没问出自己得的什么病，这回阎王爷可能要召自己去了。儿子公司里一大摊事，老伴儿老了，陪床的还是小李。因为保险丝的事，老张对小李子一直成见很深，从不愿正眼看他，总盼着他走了，眼前能清净一些。

一天晚上，老张非要让小李扶着出去散步，小李不让他动。老张火了，就拉出保险丝的事，指着小李骂道，你这人不实诚，你现在就走吧，我才不要你这样的人照顾我！小李子委屈地说，大叔，我不能走呀，我是你儿子给你雇的保姆！老张终于明白，所谓的财务总监是儿子特意为他设的职位，目的只是让他解闷！

老张热泪横流，嘴里不住说，这个龟儿子，这个龟儿子……

麦 客

李德霞

一大早，爷爷就拎把镰刀出了门，再进门时，领了个麦客回来。

母亲做好了早饭，一看爷爷身边的麦客，惊讶地"咦"一声，皱着眉头说："爹，咋是个孩子啊？"

爷爷晃了晃手里的镰刀，嘿嘿一笑说："别看人小，本事不小。刚才我领他到麦地里一圈，试试身手，一点不孬。"

父亲和母亲都是割麦的好手。以前，我家从不雇麦客。可今年麦子黄时，一向身强体壮的父亲病倒了，腰痛得站不起来；小叔领着父亲去了县医院，查不出结果，又去了省医院。爷爷老了，割不动麦子；小婶教书，脱不开身。两家的麦地有四十几亩，靠母亲一个人是无论如何也割不完的。母亲跟爷爷商量了半天，才决定雇个麦客……

吃过早饭，母亲领着小麦客下了地。中午回来，母亲惊喜地连声称赞："果然不孬，连我都撵不上，不是他的对手哩。"

母亲做饭，小麦客也不闲着，一会儿到院里提桶水，一会儿帮母亲烧火。闲谈中，母亲知道，小麦客满十九了，家在甘肃陇南一带，父母已去世多年，家里还有七十多岁的爷爷奶奶。

小麦客两年前就离开了学校，跟着村里人过黄河，一路向东来我们这边当麦客。

麦子割到一半时，小叔从省城匆匆赶回来。父亲要做手术，他是回来取钱的。母亲七凑八凑，卖了一头猪，才凑了三千块。送走小叔，母亲拿着剩下的四十块钱对小麦客说："我家男人要做手术，家里拿不出雇麦客的钱了……这是你的工钱，拿着。你另找一家雇主吧。"

小麦客没接钱，一脸诚恳地说："大嫂，你家麦子熟透了，不能再扛了，就让我帮你割完吧，工钱可以先欠着……"

母亲一愣："欠着？"

母亲不知道陇南在哪里，但母亲明白陇南离我们这里一定很遥远，隔山隔水的远。母亲说："欠账没有欠这么远的呀！"

小麦客说："我明年还来，到时我登门来拿……"

母亲断然地摇摇头。

一旁的爷爷说："哪有半道打发麦客的理儿？留下吧。工钱的事我想办法。舍下这张老脸，还愁借不到几十块钱？"

爷爷借钱去了。鸡卵大个村子，东家三块，西家五块，总算凑够了小麦客的工钱。

小麦客要走。母亲起个大早，烙了香喷喷的鸡蛋葱花饼。母亲去喊小麦客，连喊几声没人应。推开房门一看，里面空荡荡的，小麦客早走了。更让母亲惊愕的是，叠好的被子上有一沓钱，正是母亲昨晚交给小麦客的八十块钱工钱……

母亲抓着钱跑出门去，问遍了村里早起的人，都说陇南麦客们鸡叫头遍就结伴出了村，这会儿怕是到镇上的车站了。母亲呆呆地站在村口，一阵晨风拂过，吹落母亲满眼的泪水。

第二年，麦客没来。

第三年，麦客还是没有来。

小婶说，麦客的老家这几年也好起来了，男人们不用出门当麦客了。母亲听后，有几分欢喜，也有几分失落。

一晃，三十年过去，母亲已是快六十的人了，还是常常念叨起当年的那个小麦客。母亲说："他也奔五十的人了，该是老婆孩子一大家了吧？"母亲还说："不知道他还记不记得咱家？还记不记得咱欠他八十块钱工钱……"

前年，甘肃陇南发生泥石流，伤亡惨重。那些日子，母亲坐在电视机前，看着一幕幕令人揪心的画面，老泪纵横。

我回城的头天晚上，母亲突然问我："城里有没有捐款的地方？"我说："有，到处都是。"母亲翻箱倒柜找出一个旧存折交给我。母亲说："替我捐了吧。"我一看，存折上只有八十块钱，存期已经三十年。我明白了，这不就是当年我们家欠小麦客的工钱吗？这些年来，我们家也苦过、难过，可母亲硬是没动这份钱。只是当年的八十块，现在已变成了六百元。

回城后，我添了四百，凑足一千元，郑重地捐给了甘肃陇南灾区，是以母亲的名义……

归 家 仓

刘正权

归家仓是黑王寨人对八月十五的另一种叫法。只是这种叫法老辈人嘴里出现的频率要高些，年轻人还是习惯叫中秋节。毕竟是正名，如同一个孩子，取个诨名也不是不行，但成了家立了业，就得规规矩矩叫大号了，显得尊重人不是。

在这点儿上恰好相反，黑王寨人成了家立了业后倒把归家仓放在了头里。按老辈人传下来的讲究，八月十五以前，地里的庄稼，树上的水果，园里的蔬菜，都得归到家里，入了仓库。

人都晓得要团圆，庄稼不也得团圆一回了？当然，这时归家仓只是一个形式，象征性地每样收一些回来。把半生不熟的庄稼收回来，老祖宗不敲扁你的头才怪，败家的行为呢，这叫作！

黑王寨最不败家的女人是小满，打从过了八月初十，小满就开始到北坡崖巡查，很有成就感地巡查。

小满的成就感建在她的勤劳上，男人东志出门打工了，地里家里就她一人扛着，爹过世了，娘瘫在床上，日子就显出了难，不然东志也不会出门打工。

娘瘫归瘫，却要强，娘这会儿就冲巡查回来的小满发了话，说，小满，今儿初十了吧？

小满说，是初十了，我这就到店里买月饼吃！小满以为娘想吃月饼了，也是的，娘瘫得脸上没了血色，过了这个中秋恐怕就没下个中秋了。

这么想着，小满就抬头望了一眼院子里的柿树，一片柿叶在风中挣扎了几下，像时光叹了口气似的，那叶子就惶惶地飘落下来了。

娘也叹气，娘说花那冤枉钱干啥，我吃了月饼就算过中秋啊，我是问东志有信没？

小满摇摇头，她知道东志的脾气，早先两人在一个厂里打工时，从来就没年啊节的概念，他脑子里除了挣钱还是挣钱，能加的班从不放过。

娘就有点儿不高兴了，猫儿狗的都晓得要归屋，他个当爹的人了，咋不晓得归家仓呢！

小满说，那娘您先躺会儿，我把树上的柿子给下了，拿到集上可以卖好价的！

别！娘一下子急了，摘不得的！

小满说，咋摘不得，都八成熟了，用温水一浸，红灯笼似的，好卖呢！

娘说，小满你咋不晓事呢？

小满说，我咋不晓事呢，这不归家仓吗？

娘说，别的先归，这个等东志回了归！

小满说，东志只怕回不来呢，跑来跑去要路费！

娘好端端的，突然火了。娘说，挣钱为什么，不就为一家团圆过幸福日子，眼下团圆日子到了，两边扯着算个啥？

小满嘟囔了一声，您儿子啥脾气，您不知道啊！

娘就不说话了，躺那儿呼哧呼哧喘气，反正，那柿子你等东志回来了下，我准保他八月十五一准回来归家仓。小满不吭声了，出门，望望满树的柿子，柿子又大又圆，黄皮上已开始显红了，等不到十五，准像一串串红灯笼挂在树上。

挂就挂吧！

小满有的是活路，小满就又上了北坡崖，黄豆该收了呢！

以往收黄豆，都是东志和小满一起，有说有笑的，那活路就显得轻。干累了，两人站崖顶上朝自己屋里望，一树红柿子就招招摇摇挂着。小满常说，嘴馋了就回去摘了吃啊！

东志往往就拦了她的话头，别，留着给归家的人照路呢！

照路是黑王寨的说法。黑王寨人出门，喜欢选月头月缺为离家日，归家则选月中月圆为团圆日。又大又红的柿子就是给归家人指路的红灯笼呢！

只是今年，小满叹口气，东志只晓得给别人照路，咋没想到自己家里也有条路照着等他回来呢。

晚上，娘再问小满，东志还没信？

小满点点头，一口一口喂娘的饭。

娘那天精神头很好，吃完了，又添了一碗。一般娘都吃得少，人瘫着，吃多了屙啊什么的不方便，娘就忍了口。

娘吃饱了，似乎很满意，还要小满替她摘了一个柿子。完了，娘冲小满说，放心，东志十五那天准能归家仓的，我拿灯笼引路呢！

小满心说，娘的脑子躺出毛病了，归家仓，几千里外说归就归啊！把个柿子真当灯笼了。

第二天，小满扫完院子里的落叶进屋去喊娘，一喊娘不应，两喊娘还是不应，三喊小满就带了哭声。娘手里的柿子啃了一半，人却奄奄一息了，只是手里还死死攥着那咬了一半的红柿子，那柿子才八成熟，涩得能让人喘不过气，娘的病是沾不得这东西的！

小满忽然明白娘昨晚的话了，娘是拿自己当灯笼了。

东志接到小满电话动的身，东志紧赶慢赶，在十五那天傍黑回到了黑王寨。远远地东志看见自家院子里红灯笼一样挂着的柿子在风中摇了几摇。

啪！就在他推开屋门的同时，树顶上最向阳的那颗柿子掉了下来。

东志刚要弯腰捡，蓦地，从里屋娘床间传来小满的一声长嚎，娘哪，你咋把给东志引路的灯笼给丢了啊！

东志双膝一软，扑进里屋，半个红红的柿子正好滚到他的脚下。

归家仓呢，今天！东志耳边响起每年这个时辰娘最爱说的一句话来！

紫 云 英

许 嫒

细英最喜欢大清早挎着篮子去紫云英田里寻猪草。

茨村管割猪草叫"雕"猪草。马齿苋、荠菜、地米菜，它们隐居在紫云英田里，生怕别人找到。地米菜穿着细碎白花儿的小裙子，猪最喜欢吃。用弯弯的镰刀轻轻插进泥土里，泥土和着茎一起雕出来，抖去泥巴放进篮子里。

深秋稻子收割后，撒下紫云英的种子，来年开春，圆乎乎的小叶子长出来。清明前后，紫云英热闹起来，开出红白相间的蝴蝶形花，放眼望去，整个茨村全是碧草红花，中间还插播几亩金黄的油菜花。金色、绿色、紫色，所有的颜色都在初春回家了。茨村贵气得很。

紫云英也叫"绿肥"，肥肥嫩嫩时，懒惰了一冬的牛抖擞着精神，准备拉着犁铧翻地，绿色的紫云英会全部翻进黑色湿润的土地里。它们完全没有草莽之气，温柔和泥土融为一体，最后成为禾苗的血液。

细英提着篮子，在绿肥地里，弯着腰，雕猪草。

她高高瘦瘦，眼睛微眯着，有点儿羞涩，从来不大嗓门说话。茨村的女人吵起架来，拍着巴掌号叫，一边追打着鸡，一边指桑骂槐。她们都笑骂细英不是茨村女人。

细英是从大山里嫁到茨村的，她娘家的村子叫大树洞。我们那地方，但凡哪个山的名字叫某某洞，肯定是深山，没有六七个小时是走不到的。真是远啊，远得好像到了另一个时空。

细英在家做扇子、削筷子，她爸挑到茨村换大米，顺便给自己相了个女婿。大树洞人吃山上的笋、树上的果、山里的蘑菇。细英没见过谷子是怎么种出来的，拔秧时蚂蟥吸在她雪白的小腿上，她大声尖叫，吓得倒在水田里，惹得众人哈哈大笑。她插秧时不会倒退着走，经常绊倒在水田里，糊一脸的泥。她挑箩筐担谷，扁担不是在肩上，而是放在后脖子上。婆婆在田埂急得直跺脚：作孽啊，讨个没用的婆娘，你们这家人怎么活啊。细英大部分时间在旱地吭哧吭哧研究，点豆子时上面要盖多少草灰；挑到菜园的大粪要稀释才能浇园；圈里的猪怎么养才不会失了毛重。

她的丈夫承德是 20 世纪 70 年代的高中生，会写毛笔字，跟着村里的先生读老书，念《增广贤文》《三字经》，有时候念《笠翁对韵》，肩不能挑，手不能提，村里的红白喜事万万少不得他。他要去写对联，上礼簿。大堂屋前，长条凳，八仙桌，他正襟危坐，手握小狼毫，帮主人家记礼金：来龙山亲戚刘某某贺礼人民币伍拾圆整。一笔一画的小楷。这个簿子主家是要保管一辈子的，送的每一分钱都是情分。有时候是白事，更是需要承德来写。那簿是白色的，上面写：八宝箱一件，冥币十万，请某公阴间笑纳等。头七时，都要烧给逝者，字写得不好看不清楚不行，怕逝者在天上收不到。红白喜事，别人家的汉子如果在这里帮忙，女人会带着孩子来蹭吃，细英不去。她在家里看孩子，教孩子写字，或者到菜园研究怎么种菜。

承德经常不在家，有时候去镇上县里，要不就在村里解决矛盾纠纷，就算在家也是木菩萨一个，家里扫帚倒了，也不扶一下，结婚几年，盐罐都不知道在哪里。

清明前后，很多人家"除灵"，就是上一年驾鹤西去的老人，灵位在天地国亲师位前供了一年后要烧掉，要请亲戚来守一天一夜，请和尚来念经。承德正在咬文嚼字，堂屋联怎么写，灵前联怎么写，为一个字想得抓耳挠腮。

四平是茨村的憨子，他慢吞吞地晃过来，拉承德的袖子。承德厌弃他打扰了自己，不理他，没好气地说，去去，走开。

你家细英在绿肥田里。

承德没理他。

四平说，看牛，雕猪草。

女人不雕猪草，不看牛干吗？承德继续写他的字。

细英不许牛吃豌豆苗，牛癫了，把她顶了！四平眨着小眼睛，傻傻地说。

啊，有这事？承德大叫一声，脸色煞白，扔下毛笔就跑，毛笔跌落在地上，弹了几下，墨汁把刚写好铺在地上的对联画成了一朵花。

承德跑到紫云英田里，发疯似的叫细英。翻起来的土坷垃把他绊倒在水沟里，他爬起来从上田跑到下田。漫无边际的紫云英和油菜花包围中，他焦虑悠长的呼喊声如同在花丛中惊起的小鸟儿，呼啦啦飞到花蕊里，带出一串串玲珑的颜色。

怎么啦，怎么啦！细英远远地从茂密的紫云英里直起身来。她鼻尖上还留着泥巴，头发上沾着几片紫色的花瓣，裤子上全是泥巴。那老黄牛一副累了的样子，卧在远处的紫云英田里懒懒地吃草。细英一只手拿着镰刀，一只手拿着一朵硕大的地米菜，笑意盈盈地跑到承德的眼前，说，看，又肥又嫩。

承德绷住笑，不理她，急急地在田埂上往回走，笨婆娘，看谁还敢说，你不是茨村人！他要去找他的毛笔，怕忘了刚才想起来的那副对联。

寻找死去的母亲

歪 竹

2007 年 11 月 12 日下午四点一刻，我的母亲死于车祸。

就像破空而来，那辆汽车来得太突然了。那种汽车来临时的突然，恐怕一个民族所有的形容词也形容不了。真的，仅仅是一瞬间，母亲的身体就开成了一朵大红花。

然而，对我来说，那一瞬间比永远还要永远，比无限还要无限。就在那一瞬间，我的黑发已经彻底地变白了，不等我惊愕，不容我愤怒，就干净利索地变白了。我的脸上堆满了皱纹，像流水冲刷过的沟壑一样的皱纹。我的心飞出了胸膛，只剩下一个比空虚更空的胸膛了。我的身子麻木得像一个抖动的木偶，但奇怪的是，岁月、地域和记忆中的一切，都在我的周围莫名其妙地旋转起来。

葬礼庄严、肃穆而且隆重，可惜我不知道是怎么完成的。

在很长一段时间里，我总是不自觉地到母亲坟墓前去凭吊。一天，我好像听到坟墓里有哭声，再一听，又好像是远处的哭声。我追过去，哭声又跑到了别处。我想听清到底是谁在哭。我努力地追赶着哭声，一忽儿前一忽儿后一忽儿左一忽儿右。我听清了，是母亲在哭。母亲为什么还能哭呢？哦，母亲没有死，车祸没有发生。是的，即使发生了车祸，死的也不是我的母亲，而是别人的母亲。

母亲还活着，她不过是离家出走了，我要把母亲找回来。

我找到老屋，空空如也。的确，除了母亲的遗像，一无所有。我把遗像扔了，扔得远远的。

我找到菜园，空空如也。的确，除了母亲来不及挖掘的荒草，一无所有。我把荒草扯了，扯得干干净净的。

母亲到底去哪里了呢？母亲是一个目不识丁的农村妇女，一辈子足不出户，除了老屋和菜园，她几乎再没去过其他地方。她走过的最远的路，是从我家到外婆家的路，三华里，绝对没有超过三华里，我们是一个村子的人啊。不过，她跟我说过，生活好起来了，交通发达起来了，要到遥远的城市去走一回，看看城市的模样，看看城里人的模样。对啊，说不定母亲已经到城里去了，想到这里，我真有种豁然开朗的感觉。

我找到城市，空空如也。的确，除了人造的悬崖绝壁，一无所有。要是我有神力，我就要摧毁这些悬崖绝壁，因为车子和它们是一伙的。我在城里匆匆地走，边走边问。

我问一位黄发姑娘："你看到我母亲了吗？"

她眼睛一白，说了声："呸！"

我问一位中年男人："你看到我母亲了吗？"

他眼睛一瞟，说了声："谁知道你母亲是谁？"

我问一位背书包的学生："你看到我母亲了吗？"

他好奇地上下打量了我一番，天真地摇了摇头。

我问一位白发苍苍的老奶奶："您看到我母亲了吗？"

她注视我良久，意味深长地说："孩子，你妈是个怎样的人？怎么了？"

我说："我妈是个善良的人，是个爱儿子的人，现在因车祸离家出走了。"

她大吃一惊，接着温和而坚定地说："你继续找吧，总能找到的，你一定要找到啊。"

我说："谢谢您，我会的，我一定会把母亲找到的。"

不知找了多久，我已找得蓬头垢面、神经兮兮，却一无所获。我真不知怎么找，到哪里去找了。我只能沿着公路走，一路找下去了。

我一路走，一路毫无目标地问："你看到我母亲了吗？你们看到我母亲了吗？"没有人回答过我。也许他们不知怎么回答我，也许他们根本就不想搭理我。只有路边的树，我不想要它们的回答，它们却像着了魔一样地回答我。一棵说："没看见。"又一棵说："没看见。"一棵又一棵说："没看见没看见。"一棵一棵又一棵说："没看见没看见没看见。"我大骂："你们都是瞎子，你们都给我滚蛋吧，免得影响我寻找母亲的心情。"

地球是圆的，我完全相信。甚至，我证明了地球是圆的。在漫长的寻找中，走过一个又一个农村，走过一个又一个城市，我不知不觉地又回到了家乡，就像一个圆，从起点出发回到了终点，而起点与终点重合了。

乡亲们看到我丢魂落魄的模样，安慰我说："放弃寻找吧，你母亲确实是被车子撞死了。住好你母亲留下的老屋，耕好你母亲留下的土地，就是对你母亲最大的孝敬。"

我坐到母亲坐过的凳子上，感到了母亲留下的体温。

我睡到母亲睡过的床铺上，听到了母亲均匀的呼吸。

我来到母亲耕作过的土地上，深挖细耙，很快椒红茄紫，一派欣欣向荣的景象了。

我出神地望着天空和大地，良久良久，蓦然发现，大山像母亲的身体，花草树木像母亲的衣服，飘扬的风像母亲的头发，成熟的果实像母亲年轻时的脸蛋，夜晚的星星像母亲的眼睛。

我再看身边的一切，发现什么都像母亲，我像母亲，黄牛像母亲，母鸡像母亲，忍冬花像母亲，稻谷像母亲，石头像母亲，土块像母亲，一切都像母亲，一切的一切都像母亲。

对着这一切，我大声地喊："母亲，母亲，母亲，母亲啊，母亲！"

我听到异口同声的应答："哎——哎——哎——哎——哎——"

我终于找到了母亲，我终于找回了母亲，我不再悲伤和哀愁。我的白发也一夜返青，重新成为一个英俊少年。如今，我过着充实的生活，享有平庸的宁静。

城市上空的麦子

徐国平

四月的城市，暖意融融。

石成的心情是因为有了那盆麦子才好转起来的。去年，他考上大学，爹说供不起，让他下地。他关在屋内大哭一场后，就悄然离家出走了，发誓再也不回这个只留给自己伤痛的村庄。石成自小就梦想着进入城市生活，他知道谁都指望不了，只能依靠自己。他来到这座梦寐以求的城市后，费尽周折才找到一份工作。而工作既单调又辛苦，每天都要不停地骑着一辆三轮车，走街串巷，给那些分散在各处的用户送纯净水。起初他工作十分卖力，很快他就感觉到城市其实并不像自己想象中的天堂一样。城里人刁钻、小气、斤斤计较，每次送水的时候，家门总是不让进，贼一样防着。孤独无聊的他闲下来，就心情低落地站在宿舍外的楼顶上，望着远近高低的楼房伤神落泪。

有一天，石成无意中发现对面的阳台上放着一盆像麦苗的绿草，很扎眼。他当时就兴奋起来，便时常往对面瞅，瞅久了便认定那千真万确是盆麦苗。石成就决意过去看看，连着几天却又不敢。那盆麦苗就老在眼前晃，晃得他想起绿油油的麦地，想起爹和娘。

心神不定的石成，最终壮胆敲开了那家的门。出来的是个年轻女人，脸像乡下盛开的桃花一样娇艳。石成有些怯意地解释说，我就住在你对面的楼顶上，经常看见你在种一盆东西，绿油油的，是麦苗吗？我特别想过来看看，可以吗？女人先是一怔，随后眼睛一亮，微笑着说，那确实是盆麦子。你是乡下进城来打工的吗？

石成对自己一时的唐突有些惴惴不安，他麻木地点点头。女人却热情地把石成让进屋里，毫无戒备地领他到阳台上，端起那盆麦子，很爽快地递给石成说，我也是从乡下来的，叫我麦花好了。其实花盆里是我撒下的一把从家乡带来的麦种。你喜欢就送给你吧。

石成心中一热，接过那盆麦子，贪婪地亲吻了一下。麦花说，有时间过来找姐唠嗑唠嗑噢。石成兴奋地抱走了那盆麦子，放在自己宿舍的窗台上。每天下班回来，总忘不了给小麦浇水。浇水的时候，就想起对面那个叫麦花的女人。石成觉得她是那么可亲，在这个城市里，只有她是第一个将自己拉进屋里的人。后来，石成忍不住孤独，就又去过麦花家几回。

麦花很好客，总是拿出家中所有好吃的东西招待他。石成对她敞开心扉，将自己所有的不幸完完全全讲给她听。麦花听得都落了泪，劝慰一番后，说她家离石成的村不远，并有个弟弟跟石成同岁，也考上了大学。石成发现麦花经常一个人守家，就关切地询问。麦花叹口气说，自己的命很苦，离开乡下五年多了，男人另有新欢跑了，拿走了她好多钱，把儿子也带走了。女人说，她很孤独，却无奈，人活在世上太累了。不过，石成总觉得麦花很忙。他们谈话时，经常有电话打过来。这时候，麦花就有些心神不定地让石成先回去。石成感到迷惑不解——

这么晚了，她还要干什么呢？

记得最后一次去的时候，麦花准备了一桌很丰盛的晚餐。石成发现她的脸色骇人地苍白，犹如残败的桃花。她大口地喝着酒，被呛得剧烈地咳嗽着。石成心疼地劝她，麦花却惨然笑笑，让石成喊她声姐。石成就叫。麦花泪流满面地跟石成说了很多话，听得石成鼻子酸酸的。麦花突然又冷下脸，让石成以后别再来了，她这里很脏，当麦子开花的时候她要回老家。

石成就没有再去麦花的家，日子过得乏味无聊。几次想去，但想起麦花的话又不敢去，他在牵挂着麦花的同时，巴望着那盆麦子早一天开花。

如今，麦子开花了，麦花真的会走吗？

当石成跑下公司的大楼，发现有辆警车停在麦花居住的楼下，并围着一堆人。石成一惊，随后就看见两名警察抬下一具女尸。在昏黄的路灯下，石成一眼就认出来，正是麦花。麦花的一只手臂从担架上垂下来，腕上明显有一道凝固的血迹。

石成顿觉天旋地转，恍恍惚惚听人议论是干那事的，乡下人。真可怜，家里人不要她，死的时候手里捏着催款信。还是个大学生呢……

石成失魂落魄地返回宿舍，捧着那盆麦子从心底呜咽一声：麦花姐——

猛地，石成将盆中的麦子拔出，发现麦苗竟没有根。他瞬间明白，自己也同盆中的麦子一样，在城里虽然会开花，但不会有结果的，就像死去的麦花姐。

一副从城里来到乡下的麻将

余清平

你是一副麻将，有一百三十六块骨骼，底色是翡翠绿，面部是凝脂白。你产于羊城的一家高端娱乐用具公司。因此，你爱大城市，爱繁华，爱热闹，爱看街道上晃来晃去的女孩的美腿、小蛮腰和高耸的胸。可是，事与愿违，你被帅哥买了去送给他住在乡下的老父亲。

你记得那天帅哥买下你，又买了一个提包，虔诚地将你装了进去。你大惊却又无奈。你如同一个盲人。当时，你的世界只有一个色调——黑。

等你看到阳光的时候，你却想哭，太陌生，太寂静，这是啥地方？你看看四周，没有汽车，没有霓虹灯晃到心里的七彩光亮；房子虽是新建的，但没装修；墙上挂着一个老式壁钟，发出"嘀嗒嘀嗒"的响声。原来，你被送到了一个小山村。

你有了新主人，是一位老人。他虽然背驼腰弓白头发，但有帅哥的影子。你眯着眼，想了又想，便猜到他是帅哥的父亲。这个人模狗样的帅哥，竟然将你当成礼物送给他乡下的老父亲。你哭你闹！可你一点儿办法也没有，你慢慢地学会了安静，更学会了与老人对视。

老人的眼睛有些浑浊，但你一眼就看出浑浊里有无限的思念和忧郁。你知道，他肯定是想儿子了。

　　老人很喜欢你，天天抱着你说，我崽是个孝顺的崽，给爸买麻将，有了麻将，日子就不难挨了，崽你在那边好好打工，房子装修需要钱，你娶屋里的（指老婆）也需要钱，爸一个人过得去，别挂念爸。

　　这一刻，你才理解了帅哥，也原谅了他，现在的年轻人也不容易啊。

　　相处的时间长了，你与老人就厮混得熟了。老人很有意思，一个人将你摆在桌面上玩。他将你码在一张八仙桌上，也是分四方。他轮流着替每一方摸牌出牌，吃和、放炮、自摸，老人玩得兴致很高。但时间久了，老人就腻味了，也不怎么搭理你，老人只静静地想。你知道，老人是想帅哥。老人想了好久，也许是想累了，又重新将你码好，又一遍遍地玩。

　　以后的日子，老人开心你开心，老人苦闷你也苦闷。一天，老人忽然脸上带着笑容，对你说，我们来带点儿彩头吧，干玩，一点味儿都没有。

　　老人说玩就玩。老人对你说，不能玩大的，那是赌博，就玩一二三，崽说过小玩怡情。老人开始是一个人玩，几天后，就觉得不过瘾，就对你说，这带彩的还真得四个人玩才有意思。老人一拍脑壳说，哦，那就喊郝才、老木和刘婆过来，一起玩。

　　老人拿块木炭，在桌子上边写边对你说，这里坐着的是郝才，前年就死了，享清福去了；这里坐着老木，这家伙去城里与他崽一起过了，闹了很多笑话，说抽不惯城里的贵烟，要抽农村这种便宜的烟，但城里怎么也买不到，他崽孝顺，老是开车跑到农村买烟；这里是刘婆，刘婆最喜打麻将，以前经常去别的村子找人玩，那次不知怎么就跌倒了？现在我有了麻将，死婆子却不在了。

你看见老人眼睛湿湿的。老人在最后一方写了一个我，说这方就是我。老人又在每一方放了八十块零钱，说老伙计们，八十块，够了，能输光八十块的，那你就够背时，没火气，活该。

你看着老人围着桌子转起圈来。一开始，老人玩得有滋有味，不论是谁吃和，他都很开心地笑，特别是他自己自摸爆和时，居然常常玩得忘记吃饭。你看着也乐。有一次，老人手气太背，八十块差不多输光了。你看见老人盯着你看，脸色有些异样。老人喃喃自语，老伙计们，对不起了。

老人接连来了几个爆和。老人没笑。默然一阵，老人对你说，总是对崽说，做人要诚实本分，今天自己怎么做出这种事来！你看出老人很惭愧。此后，老人就不玩带彩的。

有几次，老人拎着你满村庄转。你知道，老人是找人玩，但就是凑不齐四个人。老人说，他不能去别的村，怕像刘婆一样，让崽在外面不能安心打工。后来，再后来，你看到老人的腰更弓了，老人就抱着你晒太阳。从日出晒到日落，从晨昏坐到黄昏。有一天，老人说今天不晒太阳，想睡觉。老人拿出手机给帅哥打电话，但没人接听。老人就抱着你一起睡了。老人这一睡下，就再也没醒来。老人脸上的微笑，你看了，却恸哭。

米 兰 花

彭素虹

　　"老师窗前有一盆米兰，小小的黄花藏在绿叶间……"

　　看着米兰花姨妈窗前一簇一簇如小米般黄色的米兰花蕾，我似乎闻到了她那幽幽如兰的书香气息。米兰花姨妈来到这个世上，似乎只为两件事而来，一为读书，二为教书。

　　米兰花姨妈长得就跟一根晾衣竹竿一样，从头到脚都是一个尺度。在花镇女人眼里，米兰花姨妈完全是没胸脯、没屁股、没有任何女性特征的角色，在米兰花姨妈经过的地方，经常会听到女人们的一阵哄笑声。

　　可是这些声音，丝毫没有影响到米兰花姨妈的求知欲望，她打破了花镇女人不会读书的传言，以优异的成绩考进师范学院，又以全额奖学金的毕业成绩成了镇西中学的历史老师。

　　说起米兰花姨妈，熟悉她的人都知道，她有一句口头禅——古人云。

　　米兰花姨妈酷爱读书，尤其喜欢读历史书。到了她的家里，厨房、卫生间、洗浴房，随处可以见到与历史有关的书籍。因为读书，米兰花姨妈还创下了几天几夜不合眼的记录。为了了解明代政治家、改革家张居正，米兰花姨妈从《万历十五年》

中的"世间已无张居正"开始读起，然后读到了《万历首辅张居正》，觉得越读越兴奋，又接连读了《张居正列传》《风雨张居正》等，这样几个通宵下来，居然没有一点儿睡意。大家都说，米兰花姨妈对历史这么感兴趣，大概是前世的某个古人穿越到今世来了。

米兰花姨妈还有一个特点，不管是谁跟她交流，说着说着，她就会把话题扯到历史上来。

同事给米兰花姨妈介绍了一个男朋友，一位姓肖的男子。在该男子自报家门之后，米兰花姨妈就男子的姓氏讲了起来："古人云，行不改名，坐不改姓。这肖与萧都是很古老的姓，春秋时两姓就已并行。但二者不同的是，萧姓两千多年来一直在使用，而肖姓在汉代以后却难寻踪迹，如今国内姓肖者中人多数系原来姓萧者……"

交谈结束后，同事问米兰花姨妈对肖姓男子的印象如何，米兰花姨妈才猛然回过神来。她说，有机会还要跟他讲讲萧姓的名人，"成也萧何，败也萧何"这个典故就出自西汉时期的一段历史，萧何可是汉朝有名的政治家呢！

生活中的米兰花姨妈，也把教书育人当成了自己的责任。

有一天，她发现邻居家的小孩字迹潦草，忍不住跟小孩子攀谈起来："古人云，字如其人，人如其字。历史上杰出的书法家怀素，因为买不起纸张，就在芭蕉叶上临帖挥毫。就算刺骨的北风冻得他手肤迸裂，他还是继续坚持不懈地练字。现在，你能用笔墨在书本上写字，还有理由不好好写吗？"

结婚以后的米兰花姨妈，把"教夫"当成了一件大事来抓。

在饭桌上吃饭，她告诫丈夫："古人云，站有站相，坐有坐相。吃饭时，不可发出太大的声响。"在房间看书，她提醒丈夫：

"以铜为鉴，可以正衣冠；以人为鉴，可以明得失；以史为鉴，可以知兴替。"就连她的丈夫如厕，她也会不失时机地说说马桶的典故："马桶的历史可以追溯到汉朝，当时的马桶叫虎子。后来到了唐朝，因为皇帝家族中有个人叫李虎，为了避讳，就把虎子改名为马桶了。"

久而久之，米兰花姨妈的丈夫似乎习惯了米兰花姨妈这好为人师的做法，每当遇上什么事情，他都要先用探询的眼光瞟一眼米兰花姨妈。如果米兰花姨妈有要表达的意思，他就耐心地等下去，等到米兰花姨妈的话说完为止。

如果不是那晚的电话，米兰花姨妈这说教的习惯可能要一直进行下去。

当米兰花姨妈正在书房里书写教案时，书房的电话铃声清脆地响起。她拿起电话，喂了一声，对方一阵沉默后回答："请问是米兰花老师吗？""你是哪位？""我是云，古人云的云，是您丈夫的一位下属，这些年承蒙他的关照。"这下轮到米兰花姨妈沉默了，这个陌生的女人想要说些什么呢？

"我有些好奇，您的丈夫常跟我说起——他家老师，也就是您的事情。他说您对于历史无所不知呢。"

"你也懂历史吗？"米兰花姨妈忍不住问。

"跟您恰恰相反，我是出了名的笨，对历史一无所知。我们在一起，都是他在教授历史知识。"对方"咯咯咯"的一阵笑声之后，挂断了电话。

米兰花姨妈这"古人云"之类的话还没有来得及说出口。她突然觉得，自己的满腹历史学问在此时显得一无是处。

张书记卖瓜

梁海潮

张书记吃过晚饭，到 D 城的街道上散步。天太热，在空调下觉不出热，走出来却像进了火炉。

张书记来到较偏僻的一个街道，发现路边停着一辆装满西瓜的农用二轮车，地上铺了张旧凉席，一个两三岁的孩子脏兮兮地坐在上面，正啃着一块发硬的馒头。车旁站着一个衣着朴素的妇女，脸上热汗涔涔，眼睛盯着过往的行人。她旁边是位穿灰色上衣的男子，后背湿了大半截儿，肩膀上有几道地图形状的汗渍。

他们见张书记过来，脸上堆满笑容，甜甜地喊："大哥，过来尝尝西瓜，正宗中牟瓜，红沙瓤，鲜甜解渴。"说着，男子从车上抱了西瓜杀开，果真瓤红籽黑、沙甜诱人。

张书记说："这么好的瓜，生意一定不错吧？"女的接上来说："这里人太少，一车瓜三四天卖不完。"张书记说："你们怎么不到城中心卖？那儿买的人多。"男子把头摇得像个拨浪鼓："瓜农车不让进城。"

女的说："大哥，你家住哪儿？让他给你送去，住几楼都不要紧。"地上的小孩也仰着脸反复地说："伯伯买瓜，伯伯买瓜吧。"

　　听着小孩的叫喊，张书记心头一热，说："好好，伯伯买，伯伯买。"张书记从衣袋里掏出五十块钱，对男子说："我只买三十块钱的瓜。那二十元，让你女人领着孩子到饭店洗洗，再吃碗烩面。这么热的天，孩子只啃干馍怎么成？我帮你看会儿摊，卖会儿瓜。"那女人扑哧一笑，说："大哥你会卖瓜？"张书记呵呵笑道："我家原来也是瓜农啊。"女人害怕不按张书记意图会飞了这宗买卖，就千恩万谢地对张书记说："那就辛苦大哥了。"

　　这时候，对面过来一个胖子和一个瘦子，胖子将褂子撩着露出白肚皮。二人来到瓜摊前，瞅了半天，胖子忽然说："张书记，你？"张书记看对方认出了自己，说："这是我家的亲戚，我没事儿，来帮他卖会儿瓜。"胖子张张嘴，一时不知怎么说才好，与瘦子嗫嚅着，走不是，不走也不是。张书记说："你们该转去转吧。"胖子和瘦子像得了大赦一般，说："好好好，我们一会儿再来。"

　　果然，没多久胖子和瘦子就返回来，说家里有客人，每人买了一百斤瓜。男子要送，他们拦辆出租车将瓜拉走了。大约过了几分钟，又接二连三来了好几辆车，大家都围在小小的瓜车旁。这个说正想买瓜呢，不知道哪儿的瓜甜；那个说单位下午才开了会，要给同志们发福利、降温；还有的说给扶贫点送清凉呢。男子与张书记一时给他们称不过来，他们就自己动手，拿了编织袋往里装，有的一百斤，有的三百斤，一车瓜不到十分钟便抢购一空。起初那个卖瓜男子担心有人不给钱或少给钱，岂料情况大相径庭，本来一编织袋只值二三十元，他们硬是给他五十元大票；一百斤五十元的，买者也扔给他一百块，找钱都不要。来买瓜的人越来越多，后来的没买到，还直抱怨男子怎么就拉了这点瓜来。张书记对没买到瓜的人们说："谢谢大家了！今年来城区卖瓜的，都是俺的乡亲，如果大家需要，请帮忙到其他瓜摊购买吧。"结果，那晚D城所有的西瓜全部脱销。

张书记好不容易把那些前来买瓜的人打发走，女人领着小孩吃罢烩面回来了。女人一看瓜车空荡荡的，脸就哭丧下来，急切地问男子："瓜呢，咱的瓜呢？又让没收了吗？"男子说："你瞎嚷嚷个啥，张书记已帮咱把瓜卖完了。"女人诧异地张大了嘴巴，半天，呜地哭出声来，把她的儿子按在地上，咚咚咚给张书记磕了好几个头。

几天后，这个县出台了个新政策，允许瓜农到城区闹市处卖瓜。

南方的辣椒树

苇 子

凡是从我们村小学出来的孩子，都知道一件事：南方的辣椒能长成树。

说是小学，其实就巴掌那么大点儿地方，坐着二十六个孩子，有我们村的，有邻村的，还有个孩子是外镇的。谁也不知道他为什么会选择我们村的学校。这二十六个孩子，个个挂着鼻涕、抹着灶灰的脸，衣服十天半月不洗，补丁摞着补丁。你进去看，分不出男孩女孩来，真奇怪！女孩子也把头发剪得那么短。你问她，她告诉你，头发长了，容易生虱子。

老师来一个走一个，走的时候都摇着头，这哪里是人待的地方。

没有老师，就拿村里最有文化的万大叔顶吧。他念过几年书，懂不少事，进过城，见过高楼，他的见识一天一夜也说不完。

万大叔也不推辞，夹着书本就应下来了。临出门前不忘戴上他那副老花镜，旧中山装上的风纪扣扣得死死的。口袋里插支钢笔，这样才像个老师模样。

春风满面的万大叔就这样开始了他的教师生涯，一教就是十多年。十多年里，村里也不停地来过几个老师，可他们也跟以前的老师一样，待不下半月就卷铺盖跑了。只有万大叔一个人挺了下来，他啥苦没吃过呢？

万大叔念起书本摇头晃脑，他不但这样要求自己，也这样要求学生。念起书来，拖着长尾巴音，一拖一拖，余音袅袅。如果那时候你刚巧大早经过学校屋后，你会听见一群孩子稚嫩的声音，全拖着尾巴，那尾巴悠长而且拐弯抹角。

这些孩子进入初中之后，纷纷受到了不同程度的嘲笑，甚至连初中的老师也奇怪，怎么一下子出来这么多清朝的遗少？

万大叔给他们讲加减乘除，讲李白杜甫，讲三皇五帝，讲江河湖海，还讲牛郎织女，也讲村后池塘里为啥长不了藕。万大叔还教他们唱歌：学习雷锋好榜样……小燕子穿花衣……

万大叔说蝙蝠是老鼠吃盐巴变的，你们知道盐巴是怎么来的吗？盐巴是古代人的骨髓凝结成的矿物质。你们知道了吧，为什么我们吃点盐巴就有力量，那是我们在吃古代人的骨髓啊。你们知道野蒜吧？对！就是山上的，它有毒，并且是剧毒。这种毒不会立即发作，总是藏在身体里，等过了二十岁，毒就发作啦！

那个吃过野蒜的小孩，吓得哭了起来。

他从那天起开始担忧，好像每活一天，日子就少一天，死亡就靠近一天。他的日子是能算出来的，他的身体里有颗定时炸弹。小孩后来就变得神情恍惚，他的头发大片大片地脱落，他长期忍受抑郁症的折磨，却被别人误认是死亡来临的前兆。

万大叔说，南方啊，好地方，蛇多哇，晚上睡觉好好的，早上起来一看，到处都是蛇，鞋里都有。怕蛇的孩子，就怕起南方来了，暗暗发誓，永不到南方去。

万大叔说，南方的辣椒全在树上结着。孩子们觉得稀奇。

万大叔说，南方热啊，温度高，那辣椒，秋天落落叶，春天又接着长。一年一年，可不就成了树。南方人摘辣椒，都要爬到树上去呢。

孩子们都听得呆了，一回家就跟父母讲，讲老鼠变蝙蝠，讲带毒的野蒜，讲南方的蛇和辣椒树……父母说，万大叔懂得还真多，咱的娃们有福气啊！他们就在心里无限感激着万大叔。

万大叔在村子里教了十多年书。直到他心脏病发作的前一刻，他还是站在讲台上的。

万大叔的葬礼很隆重。村里所有人都参加了。他们一字儿排开，长长的队伍，从村头一直排到村尾。他们沉浸在巨大的悲伤里，泪水滂沱。村子里最有学问的人死了，往后谁来教咱的娃呢……

说起来也奇怪，那个吃了野蒜的小男孩过了二十岁竟然还活着。他就想可能三十岁死吧。过了三十岁却又没死，就这样一直活到了现在。他是个光棍，谁也不愿意嫁给这个二十岁后毒发身亡的人。